우리가 만난 시간

우리가 만난 시간

제1판 제1쇄   2020년 8월 28일
제1판 제6쇄   2021년 11월 18일

지은이   이은용
펴낸이   이광호
주간   이근혜
편집   박지현 홍근철
펴낸곳   ㈜문학과지성사
등록번호   제1993-000098호
주소   04034 서울 마포구 잔다리로7길 18 (서교동 377-20)
전화   02) 338-7224
팩스   02) 323-4180(편집)   02) 338-7221(영업)
전자우편   moonji@moonji.com
홈페이지   www.moonji.com

ISBN 978-89-320-3760-8 43810

이 도서의 국립중앙도서관 출판예정도서목록(CIP)은 서지정보유통지원시스템 홈페이지
(http://seoji.nl.go.kr)와 국가자료공동목록시스템(http://www.nl.go.kr/kolisnet)에서
이용하실 수 있습니다.(CIP제어번호: CIP2020034741)

우리가 만난 시간

이은용 장편소설

문학과지성사

차례

1

처음에는 꿈인 줄 알았다. 내가 겪은 모든 일들이.

아주 긴 잠을 잤다고, 많은 꿈을 꾸었을 거라고 사람들도 말했다. 나는 희미하게 미소를 지어 보였다. 때로는 솜사탕처럼 달콤하게 녹아들고, 때로는 무지개처럼 손에 잡히지 않아 멀게 느껴지던 순간들. 그건 길고 깊은 꿈이었다. 오랫동안 잠들었던 만큼 꿈과 현실은 혼동될 수밖에 없었다.

나는 줄곧 그렇게 믿었다.

2

계절은 어느덧 완연한 봄의 색을 띠고 있었다. 담장을 타고 내려온 붉은 꽃이 유난히 눈에 들어와 가던 걸음을 멈추었다. 절기와 시간을 묶어 생각한 적이 없던 터라 나는 갑작스럽게 다가온 계절의 변화가 당혹스러웠다. 찬바람에 몸이 움츠러들던 기억 뒤로 온통 다른 빛깔의 세상이라니. 따뜻하게 내리쬐는 봄볕이 딴 세계의 것인 양 낯설게 느껴졌다.

점퍼 주머니에 손을 찔러 넣고 몸을 틀었다. 이끌리듯 가로수를 따라 걷다 보니 먼 곳까지 와 있었다. 긴 잠에서 깨어난 뒤로 자주 그런 일을 겪었다. 뚜렷한 목적을 가지고 움직이는 게 아니라 정신을 차리고 나면 이미 무언가를 하고 난 뒤였다. 가끔은 전에 먹지 않던 음식을 먹고 있다거나 익숙지 않은 장소에 가 있은 적도 있었다. 시간이 필요했다. 계절마저 실감 나지 않을 정도로

엉켜버린 상황을 제자리로 가져다놓을 만큼의.

왔던 길을 되돌아가기 위해 발길을 옮기다가 얼핏 곁을 스쳐가는 여자아이에게로 시선이 닿았다. 그 애와 짧게 눈이 마주쳤고 내 입에서는 반사적으로 이름이 튀어나왔다.

"황세라?"

나를 지나쳐 걸어가던 여자아이가 눈이 휘둥그레져 돌아보았다.

병원에서 나온 뒤로 친구들도 만나지 못했다. 주변 사람들은 내가 빨리 무언가를 하기 바랐지만 나는 당장 무얼 해야 할지 몰랐다. 내 소식을 들은 친구들이 휴대전화로 안부를 물어와도 보통의 인사로 대꾸할 뿐이었다. 아직은 사람들과 마주할 준비가 되지 않았다고 생각했는데, 막상 아는 얼굴을 만나자 우려는 사라지고 막 봉우리가 터진 꽃을 본 것처럼 신기하고 반가웠다. 그러면서 동시에 어딘가 이상한 느낌에 사로잡혔다. 쌍꺼풀이 없는 눈과 뾰족한 턱을 가진, 키는 나보다 한 뼘 정도 작으면서 예리한 눈빛을 한 이 아이와 마주 섰다는 사실에 현실감이 들지 않았다. 나도 모르게 이름을 불러놓고 나서야 실수라는 걸 깨달았다.

내가 너무 반가운 기색을 드러내서인지 여자아이는 뒤로 한 걸음 물러섰다.

"죄송해요. 아는 사람이랑 닮아서."

말을 마치고 자리를 뜨려는데 이번에는 여자아이가 다급하게 입을 열었다.

"우리 언니를 알아?"

걸음을 떼려다가 멈추었다. 그리고는 낯이 익으면서 동시에 낯선 여자아이를 마주 보았다.

"언니라고?"

오밀조밀한 얼굴을 뚫어지게 들여다보자 여자아이는 슬쩍 미간을 찌푸렸다. 자세히 보니 세라와 닮은 듯 다른 인상이었다. 상대방을 편안하게 해주는 따뜻한 눈길과 가만히 있어도 웃는 것 같던 세라와는 달리, 지금 내 앞에 있는 아이에게서는 날카로움이 배어 있었다.

"언니랑 쌍둥이라는 오해는 자주 받았어."

불편해하는 기색을 알아챘으면서도 나는 시선을 거두지 못했다. 동명의, 외모까지 비슷한 사람을 만나는 것도 흔치 않은 일인데 심지어 우리가 아는 세라가 같은 인물이라는 건 더 일어날 수 없는 일이었다. 결코 있을 수 없는 확률.

"네가 세라든 세라 동생이든, 우리는 만날 수가 없는데……"

헛소리처럼 중얼거렸다. 내 말에 여자아이는 들고 있는 휴대전화를 바로잡았다. 무슨 일이라도 생기면 유일하게 저를 구해줄 동아줄이라도 쥐고 있는 사람처럼. 그러면서도 쉽게 자리를 뜨지 않는 게 역시 나를 궁금해하는 것 같았다.

"세라의 동생이라면…… 황아라?"

안개가 걷힌 것처럼 세라에 이어 아라의 이름이 연달아 떠올랐다. '황아라'라는 이름이 나오자 휴대전화를 쥔 여자아이의 손이 조금 느슨해졌다.

"내 이름도 아는 걸 보니 친구였나 보네."

아라가 한결 부드러워진 투로 말했다.

나는 마치 영화의 마지막 반전을 보는 기분이었다. 뜻밖의 전개가 얼떨떨했다. 뭔가 이상한데 정확히 어느 지점이 그런지 명확하지 않았다. 세라의 얼굴, 우리가 나누었던 말들, 세라에게 들었던 아라의 이름. 모든 게 아득하게 다가왔다.

세라와 함께 지낸 적이 있다는 얘기를 하면서 나는 점점 멍한 얼굴이 되었다.

"우리 언니랑 같이 지냈다고?"

놀란 아라의 목소리가 커졌다.

"같은 공간, 아 그게 아니라 같은 동네라고 해야 되나? 아무튼 자주 만났다는 뜻이야."

내 해명이 마음에 들지 않았는지 누그러지던 아라의 표정에 다시 경계심이 드러났다.

"알고 지낸 시기가 언젠데? 한동네였다면 내가 모를 리가 없잖아?"

범인을 취조하는 형사처럼 아라가 연달아 캐물었다.

"친하게 지낸 건 얼마 전."

"최근이란 말이지?"

아라는 묻기만 하고 답은 궁금하지 않은지 그냥 자리를 벗어나려 했다.

"잠깐만!"

나는 서둘러 아라를 불러 세웠고 아라는 마지못한 듯 돌아섰다.

"이건 뭔가…… 이상해."

"정말 우리 언니를 안다면 특징 같은 거 말할 수 있어? 황세라가 몇 살인데?"

횡설수설하는 내 태도에 아라가 다그쳤다.

"열여덟, 나랑 동갑이었어."

나는 기억을 더듬느라 말을 끊었다. 20년이 채 안 되는 시간을 살아낸 세라의 얼굴이 그려졌다. 검은 머리카락, 하얀 피부, 늘 살짝 올라가 있던 입매, 내 말을 진지하게 들어줄 때의 눈빛. 세라의 모습이 선명히 눈앞에 나타났다.

"키는 너랑 비슷하고, 머리는 어깨까지 내려왔는데 늘 핀을 꽂고 있었어. 노란색."

미심쩍은 얼굴로 얘기를 듣고 있던 아라는 들고 있던 휴대전화를 그만 놓치고 말았다. 한 손으로는 제 입을 막고 두 눈을 내게서 떼지 못했다. 그러더니 머리핀이 구체적으로 어떤 모양인지 확인하려 들었다.

"선물 받은 거라고 했어. 손가락 정도의 길이에 작고 반짝이는 큐빅이 장식되어 있었고. 마주 봤을 때 항상 이쪽에 꽂고 있었거든."

나는 아라의 오른쪽을 가리켰다.

"거짓말."

내 설명이 끝나자마자 아라가 한마디를 뱉어냈다. 당혹스러운 건 나도 마찬가지였다. 내 입에서 무슨 말이 나오는 건지 알 수가 없었다. 머리와 입이 따로 움직이고 소리가 스스로 튀어나오는 것 같았다.

"나도 내가 무슨 말을 하는 건지 모르겠어. 그러니까 이건……"

머리를 감쌌다. 혼란스러웠다. 내 기억도, 현재의 나도.

"진짜 너 누구야?"

아라가 대뜸 물었다. 아라는 내 정체를 몹시 의심하는 얼굴로 떨어뜨린 휴대전화도 집어 들지 못하고 굳은 듯 서 있었다.

"네가 말한 황세라랑 우리 언니가 같은 사람이라면."

아라는 슬금슬금 뒷걸음쳤다. 한동안 입술만 달싹이다가 겨우 말을 꺼냈다.

"너, 귀신이야? 나 귀신이랑 대화하고 있는 거야?"

"뭐?"

아라의 말에 헛웃음이 나왔다. 이 상황이 설명되지 않는 건 맞지만 내가 귀신이라니.

"너야말로 뭐야? 어떻게 내 앞에 있어?"

이번에는 내가 아라를 몰아붙였다. 불길함이 덮쳐와 가슴이 뛰었다. 긴 잠에서 깨어난 줄 알았는데 아닌 걸까. 하늘을 올려다보고 주변을 둘러보았다. 형형색색의 간판이 눈에 들어왔다. 버스를 기다리는 사람, 화를 내며 통화하는 사람, 발걸음을 재촉하는 사람. 그들과 같은 공간에 있다는 사실이 믿기지 않았다.

"우리 언니는 죽었어. 1년 전에."

아라가 빠르게 말하고 나서 입을 다물었다. 내 반응을 살피는 듯했으나 나는 얼어붙은 채로 눈만 깜빡였다.

"처음엔 언니가 죽기 전에 알던 친구인가 했는데, 아니야."

아라는 단호히 선을 그었다.

"큐빅으로 장식된 노란색 머리핀, 그건 언니가 살아 있는 동안에는 한 번도 한 적이 없어. 언니를 떠나보낼 때 함께 넣어준 거라고."

우리 사이에 침묵이 이어졌다. 등 뒤로 오토바이가 굉음을 내며 지나갔다. 지나가는 사람의 웃음소리가 귀를 울렸다.

"맞아. 세라는 이 세상 사람이 아니었어. 근데 어떻게……"

나는 말하면서 두 눈으로 어찌 된 영문인지 아라에게 묻고 있었다. 세라는 죽은 아이였다. 그래서 말이 안 되었다. 죽은 사람을 만난 건 꿈이었으니까. 그건 현실에서 겪은 일이 아닌, 꿈속에서 경험했던 일이니까.

"그럼, 넌 누구냐고?"

내 질문에 아라도 황당한 얼굴로 할 말을 찾지 못하고 있었다.

나는 아무것도 몰라야 했다. 아라를 모르는 사람처럼 지나치는 게 맞았다. 아니, 애초에 아라는 이 세상에 존재하지 않는 사람이어야 했다. 내 눈이 의심스러웠다. 헛것을 보고 있다고 믿고 싶었다.

꿈과 현실이 얽혀 들어갔다. 잠을 너무 많이 잔 걸까. 아직도 꿈을 꾸는 걸까. 아니면 아라의 말대로 내가 정말 귀신이라도 된

걸까. 도무지 알 수 없는 상황에 알 수 없는 얼굴로 우리는 서로
를 마주 보았다.

3

"거기까지예요. 제가 기억하는 건."

얘기가 끝났는데도 상담 선생님의 시선은 내게 머물렀다. 나는 선생님의 눈길을 피하지 않으면서 내 말이 진실이라는 걸 간접적으로 표현했다.

"그래. 개학 첫날, 교실에 들어서던 일. 여태껏 떠올린 일 중에 가장 최근이네."

선생님은 두 손가락으로 안경을 추어올렸다.

"네. 조금씩 가까워지고 있는 것 같아요."

오늘 상담도 다른 날과 별반 다르지 않은 걸 알면서도 나는 일부러 밝은 목소리로 대꾸했다. 새 학기 첫날의 이미지는 언제 기억인지 확실하지 않았고 그나마도 교실에 들어서고 나면 끊어졌다. 학년이 바뀔 때마다 반복되는 일이니 고등학교 때가 아닐지도 모른다. 기억은 얼마든지 왜곡되고 변형을 일으킬 수 있으니까.

계단을 뛰어 내려가는 아이들을 피해 몸을 옆으로 비켜서던 일, 교실 앞에 서서 호흡을 가다듬던 장면, 문을 열고 들어서자 몇몇 아이들이 어색하게 앉아 있던 뒷모습. 남색 재킷을 입었다는 것과 교실 앞의 3반 명패 때문에 2학년 때라고 했으나 그것도 확실하지 않았다. 집에 걸려 있는 교복 재킷을 본 뒤라 시각적인 인지가 혼동을 일으켰을 수도 있고, 내가 3반이라는 것도 친구들을 통해서 이미 알고 있던 사실이었다. 그럼에도 불구하고 확신에 찬 것처럼 얘기한 이유는 내게로 향하는, 관심을 가장한 사람들의 조바심과 의심에서 조금이라도 벗어나기 위해서였다.

조용한 상담실 안에서 시계 초침 소리가 유난히 크게 들렸다.

"혹시…… 사고에 대해서는?"

침묵을 깨고 선생님이 조심스레 물었다. 침착한 목소리였으나 평소와 다르게 먼저 사고 얘기까지 꺼내는 걸 보니 엄마에게서 전화라도 온 모양이었다.

"자전거를 탔던 건?"

자전거를 타고 바람을 가르며 달렸을 순간. 나는 그때를 떠올리려고 여러 번 집중했지만, 사람들에게 전해 들은 정황 외에 스스로 알아낸 건 없었다. 내가 끝내 입을 열지 않자 선생님은 펜을 내려놓고 두 손을 소리 나게 마주 잡았다.

"한 걸음씩이라도 네 자신과 가까워지는 게 중요하지. 그래도 오늘은 성과가 있었으니까."

자상한 아버지처럼 말하며 선생님은 물끄러미 나를 바라보았다. 선생님의 태도에 동했던 건지 나는 아라를 만난 얘기를 털어놓을까 망설였으나 곧 그러지 않기로 했다. 선생님의 친절함을 완전히 믿지 못하는 건, 내 말과 행동이 문자화되고 기록되어 누군가에게 전달될 수도 있을 거라는 점 때문이었다. 일련의 과정들은 선생님의 일이고 나와의 관계 또한 그 범주 안에 놓여 있을 뿐이다.

아라와 마주쳤던 일을 말하려면 그 전에 세라의 존재를 밝혀야 했고, 그럼 이상한 꿈에 관한 이야기를 할 수밖에 없다는 것도 내가 쉽게 입을 열지 못하는 까닭이었다. 너무 길어 어디서부터 시작해야 좋을지 모를 얘기를.

"뭐라도 좋아. 대화를 나누다 보면 다른 일들이 따라올 수도 있거든. 과거가 아니라도 말이야. 당장 하고 싶은 것, 가고 싶은 곳, 그런 거라도."

유심히 내 표정을 살피던 선생님이 거듭 나를 다독였다.

"그렇게 할게요. 생각나는 게 있다면요."

나는 웃음을 가장해서 얼버무렸다. 그러고는 서둘러 일어섰다. 괜한 말을 시작하기 전에 빨리 자리를 벗어나야 했다. 자칫하다가는 더 이상한 사람으로 몰릴 게 틀림없었다. 세라와의 일은 내 경험과 관련된 것도 아니니 상담에 크게 도움이 되지 않을 거라고 멋대로 판단해버렸다. 아라를 만난 게 걸렸지만 그건 믿기 어려운 우연일 수도 있었다. 흔치 않지만 우연히 벌어지는 일들은 얼마든지 있기 마련이었다.

상담실 문을 닫고 나와서야 안도감이 들었다. 좀체 진전이 없는 상담은 오히려 나를 구석으로 몰아갔다. 상담 예약일 전날이면 잠을 설쳤다. 선생님과 마주 앉아 무슨 이야기를 나누어야 할지 걱정이 앞섰다. 아무것도 기억하지 못하고 상담실 문을 두드리는 건, 숙제를 마치지 못하고 학원에 가는 것과 비슷하게 마음이 무거웠다.

엘리베이터 버튼을 누르고 기다리면서, 1층으로 내려와 건물 밖으로 나선 다음 도로를 오가는 사람들을 지나치면서도 나는 거듭 상기했다. 그날의 사고에 대해서.

밤이었고 가로등도 없는 외진 장소였다. 비가 쏟아지면서 번개와 천둥이 하늘을 가르고 있던 때. 나는 친구 은찬의 집에 갔다가 돌아오는 길이었다. 자전거의 불빛만으로 멀리까지 내다보기는 어려웠을 것이다. 사람들의 추측처럼 돌발 상황에 대처하다가 중심을 잃었던 건지도 모른다. 자전거라면 두 손을 놓거나 눈을 감고 타도 자신 있지만, 예측하지 못한 문제가 생겼다면 얘기는 달라질 수 있다.

그래도 의문은 남는다. 자전거를 타고 달려간 길이 집과 다른 방향이었다는 점, 공사 중인 도로의 펜스와 충돌한 뒤에 급경사 아래로 추락했을 정도로 속도를 냈다는 점, 사고 이후 한동안 의식을 차리지 못한 데다 나를 현 상태에 이르게 한 충격의 실체까지.

자전거의 조명이 꺼지지 않은 건 불행 중 다행이었다. 소나기가 쏟아져 새벽에 현장을 점검하러 나온 공사 관계자가 아니었더라면 나는 더 큰 위험에 처했을지도 모를 일이었다. 구급차에 실려 갈 때까지 축 처진 채로 의식조차 없어, 신고를 했던 공사 관계자는 내가 죽은 줄 알았다고 했다.

병원으로 옮겨져 검사를 하고 응급처치를 받는 동안, 가족과 학교에 연락이 가고 사람들이 걱정하는 와중에도 내 의식은 돌아오지 않았다.

그렇게 3일이 지나갔다. 내가 깊은 잠에 빠져 있던 시간이.

"율아! 서율!"

잠에서 깨어날 때 내 이름을 부르는 소리가 아주 까마득하게도, 가깝게도 들렸다. 천장의 형광등, 낯선 가구들, 흰옷을 입은 사람들이 나타났다가 사라졌다. 눈을 감으면 전혀 다른 풍경과 소리가 나를 감쌌다. 우거진 숲에서 뿌연 얼굴들이 움직였다. 알아들을 수 없는 소리가 여러 개로 갈라졌다. 간신히 눈을 떠 주변을 둘러보았다. 비로소 흐릿하던 윤곽이 하나씩 자리를 잡아갔다.

그때 나는 아무런 생각도 나지 않았다. 사람들이 주위에 모여 우왕좌왕하는 것에 대해서도 영문을 알 길이 없었다. 내가 있는 곳이 어디인지, 내게 무슨 일이 있었는지 짐작하지 못했다.

내가 입술을 달싹이자 흰옷을 입은 사람이 귀를 바짝 가져다 댔다. 말을 하려고 했지만 소리는 안으로만 꺼져 들어갔다. 손가락 몇 개를 움직일 수 있을 뿐이었다.

차차 정신이 들면서 내가 있는 곳이 병원이라는 걸 깨달았다. 검사를 하기 위해 침대가 움직일 때 다시 눈을 감았다. 사람들의 웅성거림 속에서 나는 완전히 현실로 돌아왔고 내가 아주 긴 꿈을 꾸었다는 걸 자각했다.

그건 아주 특이한 꿈이었다. 의료진의 도움으로 몸을 움직여 검사를 받는 내내 나는 꿈과 현실을 오갔다. 지금 겪는 일이 꿈은 아닌지 헷갈릴 정도였다. 잠에서 깨어난 게 아니라 이제 막 잠에 빠져든 거라면. 그럴지도 모른다고 여기면서 나는 검사대에 누워 기계가 돌아가는 걸 바라보았다.

검사가 끝나고 병실로 돌아왔을 때는 밖이 어둑해져 있었다. 창 너머로 눈길이 멈추었다. 어둠이 내린 풍경이 낯설었다. 오랜만에 보는 어둠이었다. 꿈속에서는 한 번도 보지 못한 까만 밤.

잠이 길었던 만큼 꿈도 깊었다. 이전에 꾸었던 다른 꿈처럼 금세 잊히지 않았다. 종종 꿈속의 형상들이 어른거리거나 누군가의 얼굴이 불쑥 나타났다가 사라지기도 했다. 가만히 떠올리면 하나로 연결되지 않던 부분이 꼬리를 물고 연달아 이어졌다.

그건 결코 얕은 잠을 잘 때의 조각난 꿈이 아니었다. 시험 시간이 끝나가는데도 문제를 다 풀지 못해 안절부절못하던 악몽, 혼자서만 좋아하던 여자아이가 친근하게 말을 건네오던 설렘, 하늘을 날다가 급격히 땅으로 추락할 때 느껴지던 생생한 몸의 긴장감. 꿈에서의 감각이 현실로 고스란히 옮겨와 한동안 헤어나지 못한 적은 많았다. 하지만 그것과는 달랐다. 진짜 경험한 일을 돌아보는 것 같았다.

꿈은 추억처럼 따라다녔지만 다른 사람에게 들려준 적은 없었다. 내가 꾸었던 꿈에 대해 이야기한들 아무도 귀담아듣지 않을 게 분명했고, 오히려 현실로 완전히 돌아오지 못하는 이유라고 걱정할 가능성이 컸다.

"무슨 일이 있었는지 전혀 모르겠니?"

3일 만에 깨어난 나를 보고 반색하던 의사는 곧 난감해하며 이것저것 물어왔다. 의사가 묻는 말에 먼 일은 대답을 했고 가까운 일은 고개를 저었다.

제자리로 돌아온 뒤로 내가 지나온 시간들이 불분명했다. 그중 어떤 것은 아예 깨끗하게 지워졌다. 특히 사고 당일의 일은 아무것도 떠올리지 못했는데, 교통사고가 나서 병원에 실려 왔다고 해도 믿었을 것이다. 추가 검사를 마친 뒤에 의사는 내 기억에서 일정 부분이 삭제된 거라고 설명했다.

"편하게 받아들이면 차츰 돌아올 테니까 너무 걱정 말고."

의사는 짐짓 푸근한 얼굴로 조언해주었다. 충격 때문에 나타난 일시적인 현상일 수 있고 다행히 외상도 크지 않으니 머지않아 회복될 거라는 말도 덧붙였다. 그 이상을 바라는 것은 욕심이라도 되는 듯이.

며칠을 더 병원에 머무른 뒤에야 퇴원할 수 있었다. 그사이 1학기 중간고사가 지나갔다. 겨우 의식이 돌아온 나를 엄마는 어떻게든 시험장에 앉히고 싶어 했지만 의사의 만류로 고집을 꺾을 수밖에 없었다.

퇴원 후에는 병원 진료뿐 아니라 심리 상담까지 받을 수 있도록 엄마가 준비를 해놓았다. 떨어진 성적을 만회하려고 과목별로 학원에 등록하는 것처럼, 잃어버린 내 기억을 되살리기 위해서라면 엄마는 병원이든 상담 센터든 마다하지 않았다. 그리고 엄마의 노력에 보답하듯 내 기억은 빠르게 복구되었다. 하지만 최근까지 다가와서 계속 제자리걸음이었다. 사고와 관련해서는 깨끗한 도화지였다. 나는 그 시간들을 찾기 위해 묵묵히 어른들의 뜻에 따르는 중이었다.

느린 걸음으로 복잡한 도로를 벗어났다. 모퉁이를 돌자 제법 더운 공기를 품은 바람이 훅 끼쳐왔다. 평년보다 늦게까지 추위가 이어지더니 이제는 이른 무더위가 찾아왔다며 연일 이상 기온에 관한 뉴스가 보도되고 있었다. 나는 여전히 꽃샘추위에 머물러 있는데 계절은 성급하게 앞서 나가고 있었다.

집으로 가는 길에는 걷는 쪽을 택했다. 아직 새 자전거를 장만하지 못했고 버스나 전철은 별로 타고 싶지 않아 나는 대부분 걸어 다녔다.

박은찬, 강도우.

걸어가며 둘의 이름을 되뇌었다. 사고가 있던 날에 도우를 비롯해 여럿이 은찬의 집에서 놀다가 나 혼자만 집을 나섰다는 게 친구들의 진술이었다. 자전거를 타고 집으로 돌아가던 길, 내게 무슨 일이 생겼던 걸까. 아무리 곱씹어도 사고는커녕 친구들과 뭘 했는지도 짐작이 가지 않았다.

의사나 상담 선생님의 말처럼 기억은 머지않아 윤곽을 드러낼 수 있다. 현재의 증상은 일시적일 가능성이 컸다. 그렇다고 가만히 기다리고 있을 수만은 없었다. 궁금하기만 하던 일들은 이제 당장 해결해야 할 일이 되었다. 세라의 동생, 아라를 만나고 나서는 더더욱 그랬다.

주머니에서 아라의 휴대전화를 꺼냈다. 놀라 도망치듯 뛰어가는 바람에 아라는 바닥에 떨어뜨린 전화기도 챙기지 못했다. 그 안에 세라에 관한, 혹은 나의 무의식과 맞닿은 무언가가 있는 건 아닐까 싶었지만 잠금 설정이 되어 있어 확인이 불가능했다. 설령 가능하다고 해도 다른 사람의 물건에 함부로 손을 댈 수는 없었다. 상담 내내 나는 주머니 안에 든 전화기에 신경을 썼지만 몇 시간이 지나도록 아라에게서는 연락이 없었다. 휴대전화를 잃어버린 걸 모르지 않을 텐데 아라도 나와의 만남에 적잖이 충격을 받은 듯했다.

꿈이라고만 여겼던 일. 추억처럼 되새기던 장소와 사람들. 그리고 황세라.

한적한 길가에 이르러 나무 아래 벤치에 앉았다. 바쁘게 돌아가는 세상의 소리와 조금 멀어졌다. 눈을 감자, 공간 이동을 한 것처럼 다른 느낌이 들었다. 희미한 장면들은 몰입할수록 또렷하게 다가왔다. 초록의 새싹이나 푸르른 들판의 색감도, 젖은 흙냄새와 차갑게 손에 닿는 촉촉한 이슬까지. 모든 게 살아 있는 그대로였다.

'나도 열여덟 살이야.'

세라의 목소리가 귓가를 맴돌았다. 물결처럼 잔잔한 세라의 미소가 눈에 선했다.

세라뿐만이 아니라 그곳에서 만난 사람들 전부가 친근하고 가깝게 느껴졌다. 예전에 알던 사람들이 무의식의 깊숙한 곳에 있다가 슬며시 나타났던 건 아닐까 싶었다. 어떻게 내 안으로 파고들었는지 몰라도 그들이 있어 버틸 수 있었고 그들이 있어 깨어날 수 있었다고, 나는 아무에게도 하지 않은 이야기를 가슴에 묻고 있었다.

하지만 이제 그 일들을 밖으로 꺼내야 할지 모른다. 현실에서 만날 수 없는 아이, 만나서는 안 되는 아이가 내 앞에 나타났다. 어디서부터 풀어야 할지 모르지만 어쨌든 아라를 다시 만나야 했다.

마음이 급해졌을 때 손에서 진동이 전해졌다. 마침내 아라의 휴대전화가 울렸다.

4

"내 옆에 누가 있니?"

"네?"

1, 2학년 정도로 보이는 한 무리의 초등학생들이 지나가다가 멈춰 서서 나와 아라를 번갈아 보았다. 아이들이 멀뚱거리자 아라는 손가락을 들어 그중 한 아이를 가리켰다.

"너 말해봐. 내 옆에 사람 같은 거 있어?"

아라의 말에 나는 어이가 없어 코웃음을 쳤다.

"사람 같은 건 아니고, 그냥 사람인데요."

지목당한 아이가 똘망똘망한 눈으로 나를 쳐다봤다.

"인상착의가 어때?"

"인상착의가 뭔데요?"

아라는 잠시 머뭇대더니 생김새나 무슨 옷을 입었는지 알려주면 된다고 일렀다. 아이들이 수상하게 흘끗거리는 것도 개의치 않고 아라는 지목한 아이의 입에서 나올 말만 기다렸다.

"회색 후드 티셔츠 입었고요, 우리 교장 선생님 닮았어요."

나머지 아이들이 웃음을 터뜨렸다. 아라의 눈썹이 살짝 올라갔다. 설명을 듣고도 성이 안 찼는지 또 물었다.

"너도 보여? 너도?"

아이들이 고개를 끄덕이는가 싶더니 한 아이가 냅다 뛰기 시작하자 나머지도 질세라 달려갔다. 아라에게 지목을 당했던 아이가 나중에야 후다닥 친구들 뒤를 따랐다. 아이의 등에 매달린 가방이 좌우로 요동쳤다.

"귀신은 아닌 거 인정. 애들은 원래 꾸며내지를 못 하거든."

왠지 모르게 기분이 좋지는 않았다. 두번째 만남에서도 아라가 나를 귀신 보듯 하는 것도 그랬고, 초등학생들이 교장 선생님을 닮았다고 한 말도 은근히 별로였다.

길에서 우연히 아라를 만나고 난 다음부터 나는 계속 혼란스러웠다. 가장 의심스러운 건 아라의 존재 자체였다. 아라가 나를 귀신이라고 여기는 것 이상으로 나 또한 아라가 이 세상 사람이라는 걸 믿을 수가 없었다.

아라의 휴대전화가 울렸을 때 나는 곧바로 전화를 받았지만, 전화기를 당장 돌려달라는 요구에는 태연한 척하며 일부러 하루 뒤로 약속을 잡았다. 계획이 필요했다. 아라를 만나 무얼 묻고 무얼 확인해야 할지.

초등학생들이 골목을 돌아 사라진 뒤에 아라는 손을 내밀었다. 휴대전화는 티셔츠 주머니에 있지만 나는 미동도 하지 않았다.

"네가 세라 동생이라는 증거를 보여줘."

"무슨 소리야? 멀쩡히 지나가는 사람을 부른 게 누군데. 언니 얘기도 먼저 꺼냈잖아."

"받기 싫음 말고."

내가 그냥 가려고 하자 아라는 무심코 내 옷자락을 잡았다가 얼른 놓았다. 귀신은 아니더라도 나를 꺼림칙해하는 게 분명했다.

전화기를 돌려주면 아라가 바로 도망이라도 칠 것 같아 나는 빠르게 걸음을 옮겼다.

"폰은 주고 가야 될 거 아냐!"

아라가 짜증스럽게 내뱉으면서 내 뒤를 따라왔다.

패스트푸드점으로 자리를 옮기고 나서야 나는 테이블 위에 휴대전화를 꺼내놓았다. 혹시 모를 상황에 대비해 가장 안쪽에 자리를 잡았다. 내가 궁금한 걸 확인받기 전까지 절대 아라를 보내줄 수 없었다.

"자, 됐지?"

아라는 내 앞으로 휴대전화 속 사진을 내밀었다. 낚아채듯이 전화기를 집어서 사진을 자세히 들여다보았다. 해사하게 웃고 있는 사진 속 얼굴은 분명 세라였다. 동명이인이 아닌, 내가 알고 있는 황세라. 세라 옆에서 장난스러운 포즈를 하고 있는 건 지금 내 앞에 앉아 있는 아라였다. 믿지 않을 수가 없었다. 심지어 내가 아라를 세라로 착각하는 게 당연할 정도로 둘은 닮아 있었다.

"너희 진짜 쌍둥이 아니야?"

"연년생. 친했다며 몰랐어?"

한 살 차이라면 쌍둥이로 오해할 만도 했다.

"동생 나이까지는 묻지 않았으니까."

내 말에 아라가 조금 샐쭉한 표정을 지었다.

"내가 1박 2일 동안 생각이란 걸 좀 해봤는데."

남은 음료수를 단번에 마시고 나서 아라는 의자에 몸을 기대앉았다.

"네가 우리 언니를 아는 건 맞는 것 같아. 언제, 어디서 만난 사이인지는 몰라도."

귀신 운운하던 의심은 완전히 접은 모양이었다.

"어쨌든 좋아. 머리핀 얘기 때문에 좀 놀랐었는데 그럴 수도 있겠다 싶어. 머리에 꽂지는 못했어도 언니가 한 달 정도 가지고 있었으니까 그사이에 선물 받은 거라고 자랑했을 수도 있고. 만나지 못해도 소식은 주고받을 수 있는 세상이잖아."

아라는 나름대로 나와 세라의 관계를 정리했다.

"이유는 모르겠지만, 상태가 별로 안 좋아 보여서 내가 이해해주기로 한 거야."

말을 마치고 아라는 이제 네 얘기를 해보라는 듯이 턱을 까딱여 나를 가리켰다.

아라를 만나러 오면서 나는 두 세계를 최대한 맞추어보았다.

지워진 현실, 그리고 현실처럼 나타난 무의식. 세라와의 만남과 관련된 중요한 무언가가 기억회로에서 삭제된 건 아닐까 하는 의문도 들었다. 그러니까 내가 세라를 만난 건 꿈이 아니라 사고가 있기 전의 현실이라는 가정이다. 지금의 내 상황을 대입해보면 다분히 가능한 일이었다. 그렇다 하더라도 이해되는 건 아니다. 스스로 이 세상 사람이 아니라고 하던 세라의 말을, 현실이라면 내가 믿었을 리가 없다. 꿈에서나 수긍할 수 있는 얘기였다. 현실과 비현실이 여기저기서 부딪혔다. 세라에 대해 궁금한 건 많지만 쉽게 말이 나오지 않았다.

"뭔가 묻고 싶은 얼굴이네."

눈치가 빠른지 아라가 먼저 말했다.

"세라에 대해서 알고 싶어. 세상을 떠난 게 언제쯤인지 말해줄 수 있어? 불편하면 나중에 해도 돼."

나는 최대한 친절한 투로 말하려고 애썼다. 아라는 대답 대신에 빨대로 다 마신 음료의 얼음을 휘적거렸다. 아직 잊지 못했을, 어쩌면 영원히 잊지 못할 상처. 더는 재촉하지 않고 잠자코 기다렸다.

"작년 4월이었어."

시선은 컵을 향한 채로 아라가 입을 열었다.

"봄 날씨가 오락가락할 때. 화창하다가 바람이 몰아치고 따뜻해지는가 싶더니 황사로 세상이 온통 뿌옇고."

아라가 말하며 빨대를 내려놓았다.

"나한테 사고가 생긴 건 올해 4월."

"뭐?"

내가 혼자서 웅얼거리자 자세한 사정을 모르는 아라가 되물었다.

"새 학기가 시작되고 나서 중간고사를 준비하느라 바빴던 것 같아."

"학기 초부터 중간고사 준비를 했다고?"

"학원 특강을 다녔어. 참고서에도 공부한 흔적이 남아 있고."

아라를 만날 생각에 전날 늦게까지 뒤척였다. 여러 일들이 섞이면서 몇 가지 새로운 이미지도 떠올랐다. 2학년 교실, 교실 안에서 왁자하게 떠드는 친구들, 교실 문을 열고 들어오는 선생님. 상담할 때처럼 내가 남긴 자취들이 혼동을 일으킨 게 아니라 진짜 내 경험이라는 느낌이 강하게 들었던 건 친구들의 목소리와 말투, 선생님의 동작까지 정확하게 그려졌기 때문이다. 간절한 만큼 과거의 어느 시간이 훨씬 선명하게 다가온 기분이었는데 아라는 그런 나를 외계인 보듯 바라보았다.

"역시 정상은 아니야."

일찌감치 시험 준비를 했다는 것도, 횡설수설하는 내 태도도 다 이상하게 받아들였다.

"나도 어떻게 설명해야 할지 모르겠는데."

내가 말을 끊자 아라는 답답한지 컵에 든 얼음을 털어 넣고 아작아작 씹었다.

"세라가 세상을 떠나기 전에 우리는 친구가 아니었다는 얘기야."

나는 거의 확신을 가지고 말했다. 아라의 눈동자가 잠시 좌우로 흔들렸다.

"어디에도 세라와 나 사이에 접점이 없어."

퇴원 후 집으로 돌아오고 나서 계속 나의 흔적들을 찾았다. 깨어나 다행이라는 친구들의 연락을 받고 누구와도 반갑게 마주하지 못했다. 나랑 잘 지냈었다는 친구도, 제법 가까운 사이였다는 이들에게서도 거리감이 생겼다. 그들이 아는 나를, 나는 모른다는 사실이 등을 돌리게 만들었다.

다행히 집과 내 방은 낯설지 않았다. 의외로 몸은 많은 걸 간직하고 있었다. 내 손길이 닿았을 물건들이 분신처럼 느껴졌다. 교복은 옷걸이에 걸린 채였고 책가방은 한쪽에 얌전히 놓여 있었다. 가방 안을 열어보았으나 교과서 몇 권밖에 없었다. 책상 위의 책도 살펴보았다. 과거의 내가 흘려놓은 자국이 조금이라도 나와주기를 바랐지만, 노트와 참고서는 낙서 하나 없이 공부라는 본연의 목적에 충실했고 서랍 속도 필기도구로 채워져 있었다.

휴대전화에도 딱히 눈에 띄는 건 없었다. 노래 몇 곡과 풍경 사진만 저장되어 있었다. 단체 대화방에서도 나는 별로 두드러지지 않아 가끔 친구들의 말에 짧게 대꾸를 하는 정도였다. 그나마도 학원이나 중학교 때 친구들과의 대화방이었고 현재 같은 반인 친구들과의 대화방은 아예 없었다. 학기 초였기 때문에 단체 대화방이 개설되지 않았을 수도 있다. 가장 친하게 지낸 은찬이나 도우와의 대화창조차 없는 게 이상했지만 고등학교에 입학한 후로, 더군다나 2학년에 올라오고 나서는 공부에 집중하느라 문자를 주고받는 것조차 꺼렸던 건지도 모른다.

그나마 SNS에 남아 있는 기록이 우리 사이를 증명해주었다. 활발하게 이용한 건 아니어도 SNS에는 사진과 내 상태를 표현한 글이 몇 개 남아 있었다. 사진 속 은찬을 보자 누구보다 반가웠다. 은찬은 초등학교 때 친하게 지내다가 다른 중학교를 가면서 멀어졌지만, 같은 고등학교에 들어와 2학년 때 한 반이 되면서부터 어울려 다녔다. 나와 은찬, 그리고 내 어깨에 팔을 두르고 있는 도우. 친구들의 얼굴과 이름이 하나씩 떠오르기 시작했다.

하지만 어디에도 세라와 연관된 건 없었다. 아라를 만나러 약속 장소로 나오기 전, SNS로 맺어진 친구들까지 세세하게 훑어보았으나 황세라라는 이름을 가진 여자아이와 나를 연결하는 끈은 찾지 못했다. 얼마나 깊숙한 곳에 자리를 잡고 있는지 세라는 아무런 단서도 없이 내 주변을 맴돌았다.

똑똑, 아라가 테이블을 두드리는 소리에 정신이 들었다. 내가 어디에 있고 무얼 하러 나왔는지도 잊은 채 다른 생각에 빠져 있었다. 아라는 짐짓 걱정스럽게 내 얼굴을 바짝 들여다보았다.

"어디가 많이 아파? 예를 들면 머리라든가."

느닷없는 아라의 행동에 나는 이내 몸을 뒤로 내뺐다. 조금 전까지는 귀신이라더니, 이제는 정신이 온전치 못한 사람 취급하는 게 영 못마땅했지만 아라의 말이 완전히 틀리다고 할 수도 없었다. 나는 내가 겪은 일도 제대로 알지 못한 채 엉망이 된 과거를 맞추려고 안간힘을 쓰는 중이니까.

아라에게 사고에 대해 말하지 않을 수 없었다. 이제 겨우 두 번 만난 사이지만 세라의 동생이라는 사실이 마음을 열게 만들었다.

이야기를 시작하자 아라는 호기심이 생기는지 눈을 반짝이며 귀를 기울였다. 단기 기억상실 얘기를 꺼냈을 때는 짧은 감탄사까지 내뱉는 게 내가 정상이 아니라는 걸 확신하는 눈치였다.

"우리 사이에 약간의 공통점은 찾을 수 있어. 세라가 떠난 때, 그리고 내가 사고로 의식을 잃었다가 깨어난 시기. 1년의 차이가 있지만 비슷해."

억지로 끼워 맞춘 내 얘기에 아라가 실소를 터뜨렸다.

"의식이 돌아오고 나서 특이 사항은 없어? 예전에 없던 어떤 능력 같은 거 말이야. 손도 안 대고 물건을 움직인다거나 남의 속마음이 들린다거나."

아라의 물음에는 비아냥이 섞여 있었다. 아쉽게도 사고를 기점으로 내게 초능력 같은 건 생기지 않았고 아라가 빈정대는데도 선뜻 변명할 말은 없었다. 이 상황을 이해하고 설명할 방법. 다른 사람을 납득시킬 수 있는 개연성이 전혀 떠오르지 않았다. 지금 내가 할 수 있는 건 하나였다.

나는 아라의 반응에 상관하지 않고 이야기를 이어나갔다. 의식을 잃고 병원에 누워 있을 당시, 아주 길고 복잡한 꿈을 꾸었다고 말하면서 호흡을 가다듬었다.

"우리 언니를 꿈에서 봤다, 그거지?"

아라가 묻더니 내가 미처 답을 하기도 전에 자리에서 벌떡 일어섰다. 의자가 뒤로 넘어가며 주변의 이목이 집중되었다.

"더 들어봐."

나는 의자를 바로 세우고 아라의 팔을 잡아끌었다. 풀썩 자리에 앉은 아라가 눈을 가늘게 떴다. 내 말은 하나도 믿지 못하겠다는 표정.

"나도 꿈 얘기나 하면서 노닥거릴 여유는 없어. 근데 이상해. 별개로 느껴지지가 않아. 내가 세라를 만난 건 꿈이 아닐지도 몰라."

나는 눈도 깜빡이지 않고 아라를 정면으로 마주 보았다.

"내가 말도 안 되는 이 얘기를 계속 들어야 돼?"

"거기에 세라가 있었으니까. 내가 세라를 만났으니까."

확신에 찬 내 말에 아라는 그제야 다그침을 멈추었다.

"네가 싫다면 더는 얘기 안 할게."

짧은 시간 동안 허공에서 서로의 시선이 부딪혔다.

"그래서, 뭐?"

막상 내가 태도를 바꾸자 아라는 도리어 한발 물러섰다.

세라와의 일을 한꺼번에 들려줄 수는 없겠지만 나는 떠오르는 대로 아라에게 털어놓기로 마음먹었다. 어디서부터 어디까지가 현실이고 경험인지 나조차 모르는 일을.

"거기는…… 삶이 끝난 사람들이 모이는 곳이었어."

아라는 눈을 질끈 감았다 떴다. 먼 곳을 바라보는 눈길이 아련했다. 애써 묻어두었던 감정이 우리 둘 사이에서 일어났다.

꿈이라고 믿었던 시간. 어제까지 아주 먼 곳이라고 여기고 추억처럼 되새기던 일이 꿈이 아닐지도 모른다. 기억해야 했다. 기억하는 것과 기억하지 못하는 것까지. 모든 일을 알아내야 이 상황에서 벗어날 수 있을 것 같았다.

어느덧 나는 그곳에 가 있었다. 유난히 자주 거닐던 장소, 가만히 보고만 있어도 편안해지던 숲의 정경, 흐르는 개울물 소리. 나무들 사이로 드문드문 사람들이 나타났다 사라졌다.

마주 앉아 있는 아라의 얼굴 위로 또 하나의 얼굴이 오버랩되었다.

나를 보자마자 오랜 친구를 만난 듯 반갑게 대해주던 아이. 쌍꺼풀이 없어도 제법 큰 눈이 웃음을 짓자 이내 반달 모양이 되었다. 그 웃음에 나는 어떤 경계심도 들지 않았다.

'내 이름.'

세라가 교복에 새겨진 이름을 가리켰다. 그러면서 눈을 크게 떴다. 내 이름을 묻는 의미라는 걸 알고 왼쪽 가슴을 내려다보았지만 나는 세라처럼 교복을 입고 있지 않아 이름표가 없었다. 청바지에 긴 소매를 두어 번 걸어 올린 셔츠 차림이었다.

'서율이야, 난.'

처음 보는 여자아이와 마주 섰음에도 부끄럽기는커녕 마음이 풀어졌다.

'몇 살이야?'

'열여덟.'

'나도.'

세라가 손을 내밀었고 나는 세라의 손을 마주 잡았다. 부드럽고 따뜻한 느낌이 전해졌다. 실제로 세라의 손에 온기가 있었는지 모르지만 나는 분명 그렇게 느꼈다. 꿈에서, 어쩌면 꿈이 아닌 또 다른 세상에서.

어깨까지 내려오는 세라의 머리카락이 바람에 날렸다. 오른쪽에 꽂은 노란색 머리핀의 큐빅이 호숫가 수면처럼 반짝였다. 세라의 움직임에 따라 빛의 반짝임도 달라졌는데 나는 그걸 보기 위해 한동안 시선을 고정했다.

'오면 안 되는 곳에 왔네.'

다정한 세라의 목소리에 내 눈길이 움직였다. 짙은 눈동자만큼이나 세라의 눈에는 많은 사연이 담겨 있는 듯했다.

'아무것도 모르겠어. 내가 왜 여기에 있는지도.'

나는 담담하게 말했다. 기억이 없는데도 불안하지 않은 이유를 설명할 수가 없었다. 낯선 곳에서 혼자가 아니라는 것만으로도 안심이 되었다.

'여기는 생을 마친 사람들이 오는 곳이야. 지나온 시간과 함께.'

세라의 말에 아무런 반응을 할 수 없었던 건, 그 말의 의미가 바로 와닿지 않아서였다. 세라는 그런 나를 살피며 다시 입을 열었다.

'그래도 다행이야.'

'뭐가?'

'기억이 나지 않는다는 건 네 시간이 아직 원래의 자리에 있다는 뜻이거든.'

원래의 자리, 나는 나직이 따라 했다.

내가 숨 쉬며 매일 일상을 보내던 곳을 말하는 거라면 어렴풋이 그려질 듯했지만 선명하지는 않았다. 그리고 궁금했다. 내가 원래의 자리에 있다면 세라는 어디에 있는 건지. 하지만 직접 묻지 않아도 이미 답을 알 수 있었다. 세라의 말투에서, 눈빛에서. 맑게 빛나던 웃음이 사라진 자리에 쓸쓸함이 감돌았다. 빛을 받지 못한 보석처럼.

삶이 끝난 사람들이 완전한 죽음에 이르기 전에 잠시 머무는 곳. 이 말을 전할 때 세라의 얼굴에 그늘이 드리워졌다. 곧 표정을 바꾸어 환하게 웃었지만 조금 전과 다르게 느껴졌다.

'억지로 기억하지 않아도 돼.'

세라는 오히려 나를 다독였다.

'기억하려고 애쓰지 않을 거야.'

굳이 알고 싶지 않았다. 내가 삶과 죽음의 경계에 서게 된 까닭을. 앞으로 어떤 일이 생긴다고 해도 두려움 따위는 들지 않을 거라는 자신도 있었다. 내가 지나온 시간이 내 뒤를 따라오고, 그래서 영원히 원래의 자리로 돌아가지 못하더라도 좌절하는 일은 결코 없을 거라고.

'어차피 넌 금방 돌아갈 거니까.'

내 다짐과 다르게 세라는 단정적으로 말했다.

우리 사이에 불안하게 오가는 생각들을 환기시켜주려는 것처럼 세라는 나를 잡아끌었다. 세라가 움직이는 대로, 이끄는 대로 나는 뒤를 따랐다.

맑은 공기 덕인지 속이 트였다. 푸드득 새가 날아오르는 모습도 평화로워 보였다. 오랜만에 소풍이라도 나온 듯 상쾌하기까지 했다. 모든 게 자연스러웠다. 세라와 처음 함께하던 순간은.

돌아보는 세라의 얼굴과 이끌려가던 내가 차차 흐릿해졌다. 우리는 또 무슨 이야기를 나누었을까. 어디로 향하고 있던 걸까.

아라가 떠난 자리에는 비어 있는 컵만 덩그러니 놓여 있었다. 내가 세라와의 일을 말하는 동안 아라의 표정은 여러 번 바뀌었다. 세라와 만나고, 대화를 나누고, 우리가 머무른 곳에 대한 이야기를 나는 침착하게 이어나갔다. 아라는 집중해서 듣다가도 살짝 입술을 깨무는가 하면, 이따금 눈동자가 한곳에 머물지 못하고 이리저리 움직였다. 헛기침을 뱉었다가 얼음이 녹아 있을 뿐인 음료를 들이켜기도 했다. 무슨 말인가 하려고 입을 달싹이다가도 끝내 침묵을 지켰다.

죽음 이후가 연결되어 있고 세라가 완전한 죽음에 들지 못했다는 사실을 말했을 때 아라는 자리에서 일어섰다. 내게 한마디 말도 없이 뛰어나갔는데 나는 아까처럼 아라를 잡지 못했다. 다른 사람의 상처를 들춰낸 것 같아 뒤늦게 미안함이 밀려왔다. 나도 확신하지 못하는 이야기를 하고 나니 후회도 들었다.

　내가 무얼 알아내야 하는지 종잡을 수가 없었다. 내게 일어난 일들을 맞춰보려 해도 지금으로서는 시작조차 힘들었다. 그럼에도 진실에 다가서야 한다는 의지는 더 굳어졌다.

5

버스에서 내리자 한적한 시골길이 펼쳐졌다. 위치를 확인하고 휴대전화 속 화살표가 가리키는 방향을 따라갔다. 인적이 드문 외길을 걸어가는 동안에도 나는 어딘가 잘못되었다는 의심을 지울 수가 없었다. 우연이 우연을 거듭하는 일. 세상에는 확률적으로 일어나기 어려운 일들이 얼마든지 존재하고, 그런 일이 내게 왔을 뿐인지도 모른다. 눈으로 확인하고 싶었다. 현실과 비현실 사이의 진짜 모습을.

목적지에 다다르고 나서 휴대전화를 주머니에 넣었다. 공원은 산으로 둘러싸여 있었다. 건물이 있는 곳까지 가는 사이 승용차 한 대가 지나갔을 뿐, 평일의 추모 공원은 한산했다.

느리게 걸었는데도 숨이 찼다. 관리 사무소 앞에 멈추어 잠시 숨을 골랐다. 건물이 있는 자리에서는 공원이 한눈에 내려다보였다. 얼마나 많은 사람들이 이곳에 잠들어 있을까 상상하다가 거기 어딘가에 내가 아는 사람이 있을지도 모른다는 생각이 들어 기분이 가라앉았다.

관리 사무소의 문을 밀자 커피 잔에 물을 따르던 직원이 돌아보았다. 직원은 숟가락을 휘젓고는 얼른 제자리로 와 앉았다. 목구멍에 걸린 걸 빼내듯 나는 겨우 이름을 말했다.

"친구라고?"

직원은 묻고 나서 키보드를 두드렸다. 멀리 있어 장례에도 참석을 못 했다는 궁색한 내 변명에는 그다지 관심을 두지 않았다. 아라가 얼핏 장소를 말했을 때 새겨두었지만 정확한 위치까지는 묻지 않았다.

직원은 모니터를 확인하고 메모지에 숫자를 갈겨썼다.

"오른쪽 가장 끝 구역이야."

위로의 뜻인지 직원의 어투가 상냥했다. 메모지를 받아 드는 손이 떨렸다. 커피 잔을 입으로 가져가며 흘끗거리는 직원의 눈을 피해 서둘러 밖으로 나왔다.

꿈이라고 여겼을 때는 그곳을 떠올리는 일이 아무렇지 않았다. 그곳에서도 나는 기억을 잃은 채로 지냈다. 내가 어떤 삶을 살았는지, 무슨 일이 있었는지 몰라도 잠들어 있는 동안 나는 편안했고 현실로 돌아온 뒤에도 이따금 추억처럼 되짚을 수 있었다.

다른 생각이 들기 시작한 건 아라를 만난 뒤부터다. 장담할 수 없는 일들이 쉽게 맞출 수 없는 퍼즐처럼 뒤섞여 있었다. 사고 역시 보통의 날에 일어난 운이 없는 일이라고 믿고 싶었지만, 그게 전부가 아닐 거라는 예감은 갈수록 커지다가 이제는 거의 확신에 가까워졌다. 믿을 수 없는 경험이 우리를 둘러싸고 이어졌다.

'언니만 아니었더라면 네 얘길 한마디도 듣지 않았을 거야.'

'세라가 아니었더라면 내가 널 알 리도 없었겠지.'

우리는 서로의 말에 더는 반박하지 못했다. 내가 처음에 아라를 만나 당황하던 때처럼 아라도 어수선한 감정을 숨기지 못했다.

'우리 언니는…… 어때?'

미심쩍어하면서도 아라가 꺼낸 질문이었다.

'밝아 보였어. 사람들과도 잘 지내고.'

내 대답에 아라는 고개를 돌려버렸다. 아라의 얼굴을 똑바로 볼 수 없었기 때문에 내 말을 얼마나 믿고 있는지 알 수가 없었다.

세라를 만났던 시점의 얘기를 꺼냈을 뿐이다. 세라의 이야기를 마저 들려주기 위해서 어떤 심정으로 아라를 마주하면 좋을지, 계속 세라의 일을 알려주는 게 맞는지도 판단이 서지 않았다.

가족을 잃은 슬픔을 나는 막연하게 짐작했다. 만약 내가 다시 돌아오지 못했더라면 어땠을까. 가장 아파할 사람이 나를 가장 사랑하는 사람이겠지만, 그게 누구인지는 선뜻 떠올릴 수 없었다. 내가 원래의 자리로 돌아오고 싶어 했는지에 대해서도 마찬가지였다. 얼마 전까지는 들지 않던 의구심이 생겼다. 잠들었던 시간이 길었던 이유가 따로 있었던 건 아닐까.

메모지를 들고 직원이 말한 대로 걸어갔다. 마침내 오른쪽 끝에 이르렀다. 어떤 결과와 맞닥뜨리더라도 받아들이기로 결심했는데도 가슴이 요동쳤다. 꽃다발을 들고 있는 손이 축축하게 젖어들었다. 직원이 적어준 숫자의 위치에 닿자 익숙한 이름이 눈에 들어왔다.

황세라.

불어온 바람이 볼을 스쳤다. 분명 따뜻한 바람일 텐데 두 볼이 서늘했다. 관리 사무소 직원이 처음 듣는 이름이라고 고개를 젓기를, 암만 키보드를 두드려도 그런 사람은 없다고 말하기를 바랐다. 아라가 거짓말을 했고 그 거짓말이 공교롭게 내 상황과 맞아떨어진 거라고. 하지만 진실은 내 바람과 다르게 흘러갔다.

작은 벽을 사이에 두고 세라와 마주 섰다. 세라가 세상에 온 날짜와 떠난 날짜가 나란히 적혀 있었다. 교복 차림으로 환하게 웃고 있는 사진 속 얼굴을 보자 기억은 더욱 또렷해졌다. 어린 시절에 찍은 가족사진에는 아라도 있었다. 앳된 얼굴이지만 지금의 이미지는 고스란히 간직한 채였다.

친구들과 함께한 나머지 사진 한 장에서 세라는 사뭇 달랐다. 짓궂은 표정의 친구들 사이에서 웃고 있는 모습이 눈에 띄게 야위어 있었다. 밝은색 옷도 세라를 건강해 보이게 하지 못했다.

세라의 웃음이 가슴을 파고들었다. 적어도 사진을 찍을 때 세라는 행복한 시간을 살고 있었을 것이다. 그렇게 세라를, 나를 위로했다.

세라의 자리에는 이미 꽃이 놓여 있었다. 누가 다녀갔는지 하얀 국화 이파리에 촉촉한 물기가 배어 있었다. 내가 가지고 온 꽃을 조심스레 내려놓았다. 코끝이 찡했지만 울지는 않았다. 세라의 웃는 얼굴이 겹쳐와 눈물을 보일 수가 없었다. 죽음으로 가는 길목에서조차 세라가 얼마나 밝았는지 누구보다 내가 잘 알았다.

전할 수 없는 말들을 품고 무거운 걸음을 돌렸다. 궁금한 게 많아졌다. 내가 어쩌다가 죽음에 다가갔고 어떻게 다시 돌아오게 되었는지, 왜 내게 이런 일이 생겼는지도 알고 싶었다.

버스를 타고 오면서 은찬에게 문자를 보냈다. 가물가물하던 기억은 조금씩 살아나서 어느덧 2학년까지 다가왔다. 새 교실에서의 은찬을 명확하게 떠올리고 도우와 어울려 다닌 일이 생각난 것도 큰 변화였다. 다만 기억이 그 자리에 머물러 있어서 사고에 대한 일은 감이 잡히지 않는 게 문제였다. 사고를 알아야 세라가 있던 세계의 일도 풀 수 있었다. 실마리는 그날부터 찾아야 할지 모른다. 현실의 경계를 넘어갔던 지점부터.

약속 장소인 공원에 도착했을 때 은찬은 벌써 와서 농구를 하고 있었다. 나를 발견하고 은찬이 공을 던졌다. 공을 받자마자 나는 골대를 향해 힘껏 뛰어올랐다. 가라앉아 있던 마음까지 던져버리고 싶었는데 골대를 맞은 공은 빙그르르 돌더니 바깥으로 떨어졌다.

"여전하네."

은찬이 뛰어가 공을 잡았다. 나는 예전부터 골을 넣을 때보다 빗맞을 때가 훨씬 많았다는 사실이 불현듯 떠올랐다. 기억은 그렇게 불쑥불쑥 나를 드러냈다.

놀이터로 자리를 옮기고 나서 은찬은 시소에 앉았다.

"어딘가 확 달라졌을 줄 알았는데."

은찬이 말하며 공을 바닥에 내려놓았다. 나도 반대편 자리에 몸을 걸쳤다. 만나자마자 장난이라도 걸 줄 알았는데 은찬은 뜻밖에도 침착했다. 한 발에 힘을 실었다 빼면서 시소를 오르내릴 뿐 나와 눈도 제대로 맞추지 않았다.

"잘 지냈지?"

할 말을 찾다가 급기야 안부를 물었다. 밝은 목소리를 냈는데도 어딘가 부자연스러웠다.

"그럭저럭."

은찬도 미적지근하게 대꾸했다.

우리는 말없이 시소를 탔다. 묻고 싶은 말이 많은데 무얼 물어야 할지 망설여졌다.

"그날……"

내가 조심스럽게 운을 뗐다.

"난 어땠어?"

두루뭉술한 질문이었지만 사고 전 마지막으로 내가 뭘 했는지 듣고 싶었다. 은찬의 얘기가 자극이 되어 다른 일들도 자연스레 따라올 수 있었다.

"정말 기억 안 나?"

이번에는 은찬이 물으며 내게로 완전히 몸을 돌려 앉았다.

"조금은 떠오를 거 아냐. 사고 당시는 충격 때문에 그렇다 치더라도 그전에 있었던 일이나."

"그전에 어떤 거?"

내가 묻자 은찬은 머뭇거리다가 괜히 머리를 쓸어 넘겼다.

"여러 가지. 학교에서 무슨 수업을 했고 수업 시간을 어떻게 때웠는지, 그런 거 말이야."

말하고 나서 은찬은 다시 정면을 바라보았다.

"그날 너희 집에서 우리한테, 아니 나한테 무슨 일이 있었어?"

나는 진지하게 물었다. 사고에 대해서 알아야 하는 건, 이제 기억을 되살리는 의미 이상이었다. 내게 일어난 일련의 일들을 알아갈 단초였다.

"일은 무슨? 먼저 간다고 급하게 나가더니. 어떻게든 말리지 않은 걸 엄청 후회했어."

은찬의 눈동자가 허공을 돌다가 바닥으로 떨어졌다.

은찬의 집에 갔던 건 그날이 처음은 아니었다. 초등학교 때도 자주 은찬의 집에서 친구들과 모여 놀았다. 땀이 나도록 공을 차고, 마당 수돗가에서 옷이 홈빽 젖도록 서로에게 물을 뿌리고, 밤에는 잠도 안 자고 게임을 했던 일. 아주 오랫동안 입가에 미소가 어릴 만큼 좋은 날이었다.

고등학교 2학년이 되어 새로운 교실에 들어섰을 때 은찬이 뒤를 돌아보던 장면이 눈에 선했다. 은찬과 도우는 1학년 때부터 같은 반이었으니 내가 도우와 가까워진 것도 이상한 일이 아니었다.

은찬은 부모님이 여행을 가서 집이 비게 되었다며 친구들을 초대했었다.

'율! 올 거지?'

은찬의 목소리가 들려왔다.

'당연히 가야지.'

내 목에 팔을 두른 건 도우였다. 순간 목이 조이는 느낌이 들어 나는 숨을 크게 들이쉬었다. 손으로 가만히 목을 감쌌다.

"도우랑 나는 같은 학원을 다녔어."

내가 말하자 은찬이 내 쪽을 빤히 보았다.

"1학년 때는 오가며 마주친 정도니까 친해진 건 2학년에 올라와서 한 반이 된 다음이겠지?"

"아마……도."

은찬이 내 말에 자신 없이 대답했다. 나와 도우의 관계까지 은찬이 자세히 알 수는 없을 것이다.

"그날 너희 집에 갔던 애들은 도우랑 그리고……"

기억이 날 듯 말 듯해서 나는 살짝 인상을 썼다. 내가 스스로 떠올리기를 기다리는지 은찬은 말을 하려다가 그만두었다.

"언제까지 기억이 나는 거야?"

잠시 뒤에 은찬이 넌지시 물었다.

"중학교 졸업, 고등학교 입학, 2학년 새 학기. 초등학교 때 절친이었던 너랑 같은 반이 되고……"

나는 말끝을 흐리며 과거를 거슬러 갔다. 은찬은 조용히 내 말을 듣고만 있었는데, 아까부터 막연하게 껄끄러운 느낌이 들었다. 내가 알던 은찬과 내 앞에 있는 은찬 사이에 거리감이 있었다. 어딘가 석연치 않은 구석이 있는 건 선명하지 않은 기억 때문일까. 그 흐릿함 때문에 나는 아무것도 믿지 못하고 있었다. 나 자신까지도.

"제일 이해가 안 가는 건, 내가 나온 시간이 새벽이라는 거야. 날씨도 안 좋았는데, 굳이."

집에 돌아갈 작정이었다면 미리 움직였을 것이다. 아니면 다른 아이들처럼 아침이 올 때까지 은찬의 집에 있거나.

"시험이 다가오고 있었으니까."

은찬이 추측했다. 밤새 놀기만 하는 게 불안했을 수도 있었다. 납득은 되지만 개운치는 않았다.

"아니면, 갑자기 집에 가고 싶었을 수도 있고."

가볍게 말하면서 은찬이 슬쩍 웃었다. 나를 만나고 나서 처음 짓는 웃음이었다. 나도 은찬을 따라 픽 웃고 말았다. 계속 웃고 싶었다. 아무 일도 일어나지 않은 것처럼.

"그리고 네가 나갈 때부터 비가 온 건 아니니까. 그때는 천둥번개만 쳤잖아."

비가 오기 직전, 나는 은찬의 말을 다시 되짚었다. 내가 나가고 얼마 뒤에 비가 퍼부었다는 건 들어서 알고 있었다. 빗길에 자전거가 미끄러졌을 가능성도 컸다. 비가 쏟아지기 전에 집에 도착하려고 자전거의 속도를 올렸을 수도 있었다. 나는 점점 그날로 깊이 들어갔다. 눈앞을 가르는 번개에 이어 천둥소리가 내 뒤를 바짝 따라왔다.

"서두를 거 없잖아."

혼란스러운 내 표정을 읽었는지 은찬이 말을 건넸다. 의사나 상담 선생님이 그랬듯 시간이 지나면 저절로 기억날 거라고 말하고 싶은 모양이었다. 내게 해줄 수 있는 가장 적당한 위로라도 되는 듯이. 나는 마지못해 고개를 끄덕였다.

은찬과 헤어진 뒤에도 나는 놀이터에 남았다. 휴대전화를 꺼내 저장된 내용을 꼼꼼하게 살폈다. 연락처에 있는 이름을 하나씩 되새기면서 얼굴을 그리고 지난 일들을 돌이켜보았다. 바로 생각나는 사람이 있는가 하면, 이름조차 생소한 경우도 있었다. 최근에 온 문자는 내가 깨어난 걸 축하하는 내용이 대부분이었다.

—걱정했는데 다행이다!

도우가 남긴 것도 있었다. 문자만 한 번 보내고 이후에는 연락이 없었다. 고맙다는 답장 외에 나도 다른 말은 하지 못했다. 은찬에 비해 도우에 대한 기억은 적었고 그나마도 공부와 관련된 것뿐이었다. 사고만 아니었더라면 우리는 일등을 두고 보이지 않는 경쟁을 했을 게 뻔했다.

다들 연락이 뜸한 데는 엄마의 영향도 없지 않았다. 내 사고가 그 아이들의 탓인 것처럼 엄마는 친구들을 탐탁지 않게 여겼다. 문병을 온 친구들에게도 냉랭하게 대했다. 눈치만 살피던 친구들이 불편하게 앉아 있다가 돌아갔고, 나중에는 아무도 나를 만나러 오지 않았다. 친구들 사이에 소문이 퍼지는 건 순식간이다. 서운함이 없는 건 아니지만 이해는 할 수 있었다.

　SNS에서 친구들의 소식을 훑어보았다. 내 시간이 멈춰 있는 동안에도 각자 제 삶을 살아가고 있었다. 시간이 멈춘 건 3일이었는데 아주 긴 시간이 사라져버린 듯했다.

　아무런 단서도 없는 휴대전화를 주머니에 집어넣고 나는 자리에서 일어섰다.

6

"내가 온 건 절대 네 말을 믿어서가 아니라……"

말하면서 걷느라 아라가 숨을 몰아쉬었다. 나는 걸음을 늦추어 아라와 속도를 맞췄다. 다시 만났을 때 다행히 아라는 씩씩한 얼굴이었다.

머리 위로 뜨거운 햇볕이 내리쬐었다. 또 한 번 계절이 바뀔 준비를 하는 때였다. 시간은 어떤 것에도 관심을 두지 않고 흐르고 있었다. 앞서간 친구들이 멀어지는 걸 알면서도 나는 한 발자국도 움직일 수가 없었다. 뒤엉킨 시공간의 진실을 찾기 위해서는 얼마의 시간을 또 흘려보내야 할지 모른다.

마을 입구에 다다랐을 때 걸음을 멈추었다. '은빛 마을'이라는 이정표가 가리키는 방향으로 엇비슷한 집들이 늘어서 있었다. 이 지역에서는 흔히 볼 수 있는 풍경이었다. 서울로 가는 전철역을 중심으로 번화가가 형성되어 있고 거길 벗어나면 군데군데 전원 주택 단지가 들어서 있었다. 깨끗하게 정돈된 도로와 일정한 간격을 두고 지어진 주택들은 사생활을 보호하기에 적당했다. 엄마가 아빠와 헤어지고 이곳으로 이사를 정한 이유였다. 승용차를 이용하면 서울 도심으로 가는 것도 수월해 엄마의 직장 출퇴근도 어렵지 않았다. 나를 위한 교육 환경도 나름 괜찮다며 엄마는 일방적으로 결정을 내렸다. 이사와 전학으로 갑작스레 바뀐 환경 때문에 난감한 내 입장은 고려 대상이 아니었다.

낯선 교실에 들어서던 일. 이미 친해진 아이들 틈에서 불안하게 앉아 있던 초등학교 때의 내가 떠올랐다. 그런 내게 다가오던 어린 은찬도. 은찬은 내가 이사 오기 훨씬 전부터 지금까지 같은 집에 살고 있었다.

"여기야?"

아라가 마을을 둘러보며 물었다. 나는 손가락을 들어 한곳을 가리켰다. 은찬의 집이 있는 방향이었다. 손차양을 한 아라의 눈길이 내 손끝을 따라갔다.

"자전거가 없는 게 좀 아쉽지만, 천천히 걸어가면서 복기하는 것도 나쁘지 않지."

아라가 중얼거렸다.

세라의 얘기를 들려주었던 날, 뛰어나가던 아라의 모습이 내내 마음에 걸려 내가 먼저 연락을 했다. 막상 전화가 연결되자 할 말이 떠오르지 않아 사고 당일 자전거를 타고 달렸던 길을 가볼 거

라고 했는데, 아라도 극구 함께 가겠다며 따라나섰다. 이 지역에
사는 것도 아니라 전철을 타고 꽤 오래 와야 하는데도 아라는 걸
음을 마다하지 않았다. 의도야 어찌 되었든 진실을 알고자 하는
건 같았기 때문에 나는 아라를 거절하지 못했다.

"너 대한민국 고등학생 맞냐? 학원 안 다녀?"

나는 짐짓 장난스럽게 말을 걸었다. 세라를 사이에 두고 더는
침울해지고 싶지 않았다. 아라도 그럴 것 같았다.

"응, 안 다녀. 우리 부모님이 말씀하시기를 몸과 마음이 건강한
사람이 되라고 하셨거든. 그러면 어디서든 자기 몫은 해낼 거라
고."

내 물음에 아라는 별거 아니라는 표정으로 응대했다.

"몸은 건강한 것 같은데 마음이 건강한 거 맞아?"

"건강한 게 목표라는 거지, 지금 건강하다고는 안 했다."

아라가 대꾸하면서 나를 앞질렀다. 아라의 말은 묘하게 설득력
이 있었다.

출발지는 은찬의 집 근처로 잡았다. 은찬은 학원에 있을 시간
이고 부모님도 직장에 다녀서 집은 비어 있을 것이다. 은찬의 집
에 오면 차고 옆 빈 공간에 자전거를 세워두고는 했으니까 그날
도 그랬을 게 분명했다.

"집에서 나와서 자전거를 탔을 거고."

아라는 말하며 수첩에 메모를 끄적거렸다. 사건을 추적하는 형
사처럼 진지했다.

은찬의 집을 올려다보았다. 대문을 열고 들어가 계단을 올라가면 정원이 있는 마당이었다. 1층 차고를 제외하고 집은 평지보다 높은 곳에 있었고, 지하실이 차고와 연결되는 구조였다.

자전거가 있는 곳으로 오려면 정원을 가로지른 뒤 계단을 내려와 대문으로 나오거나 집 안에서 지하실을 통과한 후에 차고로 빠져나오는 방법이 있었다. 둘 다 가능성은 충분했다. 초등학교 때에도 마당에서 물놀이를 하다가 대문으로 내려온 적도, 지하실에서 친구들과 비밀 모의를 하다가 차고로 나온 적도 있었다. 어느 쪽 문으로 나왔는지가 내가 마지막으로 무얼 했는지를 말해주는 단서나 마찬가지였다.

"어디로 나왔는지는 모른다?"

아라는 물으면서 동시에 내 대답도 적었다.

우리는 느리게 걸어가며 주위를 살폈다. 은찬의 집은 마을 안쪽 끝 지점에 있었다. 집에서 나오면 얼마 뒤부터 내리막길이 이어졌고 도로는 한 방향으로만 뚫려 있었다. 페달을 밟지 않아도 저절로 속력이 붙었기 때문에 내가 가장 좋아하는 구간이었다. 길 양옆으로는 집과 차 들이 드문드문 늘어서 있었다. 낯선 인기척을 느꼈는지 어느 집 마당에서 개 짖는 소리가 들렸다.

"아, 맞다!"

내 말에 아라가 멈춰 섰다. 한쪽에서 개가 짖기 시작하자 경쟁하듯 멀리서 다른 개가 짖었던 소리. 자전거를 타고 내려가면서 분명히 들었다.

"흠, 개가 짖었던 기억이 난다."

아라가 빠르게 펜을 움직였다.

"그때부터였을 거야. 빗방울이 떨어졌던 건."

하나가 떠오르자 연이어 다른 기억이 따라왔다. 비가 흩뿌리는 새벽, 나는 자전거를 타고 내리막길을 달렸다.

문제는 내리막길의 끝에 이르렀을 때였다. 마을의 이정표가 세워져 있는 어귀를 지나 나는 오른쪽으로 갔어야 한다. 집으로 가는 길은 고민하지 않아도 자연스레 몸이 움직이기 마련인데, 나는 핸들을 돌리지 않고 직진했다. 그 점이 가장 의문이었다. 핸들도 꺾지 못할 만한 일이 있었던 걸까, 일부러 방향을 바꾸지 않은 걸까.

"혹시, 목줄이 풀린 개가 따라온 건 아닐까?"

아라는 펜으로 입술을 두드리며 물었다. 나는 아라의 말을 무시하고 자전거를 타고 갔던 대로 앞으로 걸었다.

"여러 가지 가정을 해보자는 거잖아!"

아라가 외치면서 내 뒤를 따라왔다.

잘 모르지만 이유가 있을 것이다. 개가 따라오지 않았더라도 나를 위협할 만한 어떤 일이 있었을 수도 있다. 새벽녘의 으스스한 기운 탓에 속도를 내다가 길을 놓쳤을 가능성 역시 염두에 두었다.

직진으로 이어진 길은 갈수록 폭이 좁아져 대형 트럭 한 대가 지나다닐 수 있을 정도의 너비였다. 집도 없고 양옆으로는 나무와 풀이 무성하게 자라 있었다. 얼마 못 가 비포장도로가 나왔다. 흙바닥 여기저기에 크고 작은 돌이 굴러다녔다.

"자전거를 타고 가기에는 쉽지 않았을 텐데."

아라가 허리를 굽혀 바닥을 살폈다.

"잠깐 길을 놓쳤더라도 여기까지 왔을 때는 길을 잘못 들었다는 걸 알았을 거고."

나는 다른 사람의 일처럼 얘기했다. 그날의 내가 환영이 되어 나타나 내 앞을 지나갔다. 어째서 이런 길을 계속 갔던 건지 도무지 설명이 되지 않았다.

"집으로 가는 지름길이 있는 거 아니야?"

아라의 질문에 나는 바로 아니라고 말했다.

"곧장 가봤자 도로로 이어지지 않는 험한 길이야. 지금이야 전원주택 단지를 짓느라 공사 중이지만."

아무렇지 않게 말을 뱉어놓고 나서 나는 아라와 잠시 마주 보았다.

"사고 전에도 와본 적이 있어?"

"그런 것 같아."

어지러운 길을 바라보았다. 은찬의 집에서 나오던 길과 달리 비포장도로는 오르막이었다. 줄곧 올라가면 꽤 너른 평지를 지나 나중에는 깎아지른 듯한 절벽이 나왔다. 개울물 소리가 나서 친구들이랑 이 길을 따라갔다가 낭떠러지를 보고 포기하고 내려왔던 적이 있었다. 그다음부터는 여기까지 올 일이 없었다. 새로운 주택 단지가 들어선다는 소문이 돌다가 공사가 시작되었는데, 무슨 일인지 돌연 공사는 중지되었고 재개된 건 얼마 전이었다. 단지 조성을 하면서 주변 도로도 정비 중이었기 때문에 일대는 낮에도 혼잡했다.

마침 공사 트럭 한 대가 다가와 우리는 길옆에 있는 바위 위로 올라섰다. 트럭도 속도를 줄여 언덕을 넘어갔다. 트럭이 지나가고 나서 아라가 기침을 하며 손으로 먼지를 걷어냈다.

"새벽이었으니까 당연히 공사는 멈췄겠지."

아라는 골몰하며 트럭이 남기고 간 바퀴 자국을 내려다보았다.

"아무것도 없다는 걸 알면서 이쪽으로 왔다는 건데."

아라의 말에 나는 수긍할 수밖에 없었다. 아직까지는 이 길을 선택한 이유를 통 알 수가 없었다. 트럭이 지나간 길을 따라 앞으로 걸어 나갔다. 한참 뒤에야 공사 구간이 나타났다.

돌아서서 걸어온 길을 되짚어보았다. 은빛 마을을 통과해 정비 중인 도로를 따라 나는 앞으로만 나아갔을 것이다. 길은 끝났고 추락 위험 표시가 적힌 펜스가 둘러쳐져 있었는데 왜 속도를 줄이지 않았는지 짐작이 가지 않았다.

"많이 어두웠겠지. 자전거 불빛으로는 보이지 않았을 수도 있어."

아라는 단순 실수 쪽으로 무게를 두었다. 하지만 이쪽 지형을 대강 알면서 아무런 경각심 없이 어두운 길을 내달렸다는 것 자체가 납득이 안 되었다.

한창 공사 중인 때라 우리는 사고 지점에 가까이 가지 못하고 발길을 돌렸다. 사고 과정을 회상하면 나머지 일들도 살아날지 모른다는 기대를 품고 왔건만 그런 일은 일어나지 않았다. 오히려 의문만 커졌다. 그날의 나는 마치 다른 사람인 것 같았다.

아라를 배웅하기 위해 역까지 걸어가면서도 내 머릿속은 사고의 정황을 추측하기 바빴다. 전철을 기다리는 동안에는 아라와 나란히 의자에 앉아 지나가는 사람들을 멍하니 바라보았다. 정말 중요한 게 뭔지는 여전히 밝혀내지 못한 채로.

"이 사건은 내가 꼭 풀고 말 거야."

아라는 적어둔 기록들을 보며 의지를 다졌다. 비, 새벽, 자전거, 개 등 여러 가지 단어들이 낙서처럼 씌어 있었고 아라는 그중에서 낭떠러지라는 말에 동그라미를 치고 있었다. 기댈 수 있는 사람이 아라밖에 없는 처지지만 속속들이 내 기록까지 남기는 건 싫었다.

"이건 내 문제야."

수첩을 탁 덮어버리자 아라는 나를 살짝 흘겼다.

"네 문제라고만 할 수는 없지. 우리 언니랑 나까지 연관된 일인데."

아라가 구시렁거렸다. 틀린 말은 아니라 할 말이 없어진 나는 공연히 트집을 잡았다.

"근데 넌 왜 계속 나한테 반말이냐? 세라랑 내가 동갑이라고 한 거 잊었어?"

내가 따지자 아라는 답답하다는 듯이 낮게 한숨을 내쉬었다.

"언니는…… 작년에 세상을 떠날 때 열여덟이었어. 올해도, 내년에도, 앞으로도 영원히 열여덟이라고."

미처 생각지 못한 대답이었다.

제자리에 머물러버린 세라의 시간. 세상을 떠나던 때부터 나이를 먹지 않는 세라는 1년 전에도 지금도 그대로인 것이다. 연년생이라고 했으니 이제 아라가 열여덟이고 나랑 같은 나이라는 뜻이 된다. 계절이 바뀌고 해가 넘어가면 아라는 세라보다 나이가 많아진다. 자신보다 어린 언니를 떠올리는 일. 아라의 심정을 헤아리자 이 와중에 서열이나 따지고 있던 게 괜스레 머쓱해졌다.

"세라 얘기 해줄 수 있어?"

나는 말머리를 돌렸다.

"내가 왜 그래야 되는데?"

내 태도가 못마땅한지 아라는 뚱하게 나왔다.

"세라의 일들을 알려주면 내가 세라한테 들었던 얘기들을 이해할 수 있을지도 모르고 새로운 일이 또 기억날 수도 있고. 그리고 그건 우리 모두랑 닿아 있을 테니까."

나는 사뭇 진지한 어조로 말했다. 아라는 잡고 있는 펜으로 수첩 위를 툭툭 치며 망설였다.

"싫으면 안 해도 돼."

괜한 일을 들춰서 아라의 상처를 건드리고 싶지 않았다. 무슨 생각을 하는지 아라는 수첩에 의미 없는 선으로 연결된 그림만 그려 넣었다. 아라가 스스로 입을 열 때까지 기다리기로 했고 아라는 한참이 지나도록 말이 없었다. 그사이 전철이 도착하고 사람들이 올라탔다.

"언니 생일이 3월이야. 생일이 지나고 얼마 뒤에 세상을 떠난 거지."

꿍음을 내며 전철이 출발하자 아라가 입을 열었다. 태어난 날과 세상을 등진 날이 가깝다는 사실이 안타까움을 더했다.

"머리핀은 언니 생일날 내가 선물한 거야."

수첩 위에 낙서하던 손을 멈추고 아라가 말했다. 머리핀을 말할 때에는 목소리가 떨려 나왔다.

"나는 언니랑 같이 다니는 게 좋았어. 맛있는 게 있으면 언니랑 먹으러 가야지, 재미있는 영화가 나오면 언니한테 보러 가자고 해야지, 늘 그런 생각을 했어."

과거를 떠올리는 아라의 얼굴에 쓸쓸함이 어렸다.

"언니가 아픈 뒤로는 그러지 못했어. 언제, 무슨 일이 생길지 몰라 밖에 나가는 것도 위험했고 조금만 걸어도 언니는 힘들어했거든."

아라는 잠시 말을 멈추었다. 건강해 보이던 세라의 모습이 여운으로 다가왔다.

"오랜만에 컨디션이 좋아져서 언니를 데리고 외출을 한 적이 있어. 병원에는 비밀로 하고. 멀리 못 가고 병원 근처만 다녔지만. 액세서리 가게에서 이것저것 구경도 했어. 예전으로 돌아간 것 같아서 좋기도 하면서, 변해버린 언니를 보고 있자니 나도 많이…… 아팠어. 마음이.”

아라를 만난 건 고작 몇 번밖에 되지 않지만 주로 밝은 편이었다. 그런데 지난 일을 털어놓자, 이제껏 볼 수 없던 그늘이 무겁게 내려앉았다.

“머리핀은 그날 본 액세서리 중에서 언니가 가장 마음에 들어했던 거였어. 언니가 좀 반짝거리는 걸 좋아해.”

아라가 작게 소리 내어 웃었다.

“근데 언니는 구경만 하다 말았어. 머리핀을 꽂을 수가 없었거든.”

그 말을 나는 곧 알아들었다. 아라가 보여주었던 사진 중 하나가 떠올랐다. 귀밑까지 비니를 눌러쓰고 있던 세라의 모습.

“나중에 혼자 가서 언니한테 줄 머리핀을 샀어. 당장은 못 하지만 건강해지면, 예전처럼 돌아오면 할 수 있을 테니까. 그런 날이 꼭 올 거라고 믿었으니까.”

세라가 늘 하고 있던 머리핀에 그런 사연이 있는 줄은 몰랐다. 바로 할 수 없는 선물을 한 아라의 간절함도, 선물을 간직하기만 했던 세라의 심정도 충분히 느낄 수 있었다.

“선물을 받고 언니도 정말 좋아했는데……”

아라의 목소리에 기어이 물기가 배어났다.

한 사람의 생에 대해 생각했다. 누군가가 소중하게 여겼던 시간들을 그려보았다. 서로 사랑하면서 살아갔던 날들을.

"세라한테 잘 어울렸어, 머리핀."

나는 씩 웃으면서 머리를 가리켰다. 한없이 꺼져가던 아라의 표정이 약간 밝아졌다.

"지금도 나는 믿을 수가 없어. 네가 언니를 만났다는 것보다, 언니가 세상에 없다는 걸."

1년이 지나는 동안 점차 옅어졌을지언정 슬픔은 아직 침전된 상태로 남아 있을 수밖에 없다. 과거의 어느 시점을 들춰도 회오리처럼 일어나는 일들을 담담히 받아들이기에 1년은 결코 넉넉한 시간이 아니었다.

'그건 누구도 어쩔 수 없는 일이야.'

세라의 목소리가 환청처럼 들렸다. 그리고 그 말의 의미를 조금이나마 이해할 수 있었다. 살아 있는 사람들에게 남은 시간이 죄책감이 될 수는 없었다.

세라의 뜻을 전하고 싶어 나는 조심스레 아라의 어깨 쪽으로 손을 뻗었다. 그러다가 주춤 멈추었다. 다른 사람을 위로하는 일이 어쩐지 어색했다. 따뜻하게 말을 건네고 손을 잡아주는 일을 해본 적이 있는지 생각나지 않았다. 선뜻 용기를 낼 수가 없었다. 결국 나는 아라에게서 손을 거두었다.

처음에는 우연히, 다음은 휴대전화 때문에 어쩔 수 없는 만남이 이어지면서 아라는 내게 호기심이 생겼을 수도 있다. 다만 그게 전부는 아니었다. 아라는 나를 통해서 세라에 대한 일들을 알고 싶어 했다. 그렇게라도 세라를 만나고 싶어 한다는 걸 알 수 있었다.

물론 내게는 순수하게 도움을 주려는 거라고 둘러댔지만.

아라를 만나면 나 또한 안정이 되었다. 허무맹랑한 이야기를 들어준다는 것 자체만으로도 힘이 났다.

"다들 세라를 좋아했어."

내 진심을 살짝 돌려 표현했다. 토를 달지 않는 걸 보면 아라도 차츰 내 말을 믿기 시작하는 눈치였다. 내가 세라와의 일을 꾸며낼 이유가 없다는 점도 수긍했다. 그러면서도 내가 어떻게 세라를 만날 수 있었는지, 현실로 돌아오고 나서도 세라를 떠올릴 수 있었는지에 대해서는 나처럼 의문을 가졌다.

"세라는 항상 사람들한테 도움을 줬어. 당황하고 두려워하는 사람들을 만나면 세라가 나서서 우리가 있는 곳이 어디인지, 어디로 가야 하는지 친절하게 알려줬거든."

기억의 저편에서 많은 이들이 오고 갔다. 그들의 존재를 확신할 수는 없어도 또 다른 세계에서 나와 인연을 맺은 것만큼은 사실이었다. 그중에서도 나는 세라와 긴 시간을 함께했다. 세라는 언제나 같은 자리에서 묵묵히 내 얘기를 들어주었다. 상대방이 내 말에 귀를 기울인다는 게 존중받는 일이라는 걸 세라를 통해 알게 되었다. 그래서 더 말하게 되었다. 나에 대해서, 내가 겪은 일과 현실의 나까지.

"삶에 공평한 게 있다면."

아라는 아무런 표정도 드러내지 않은 채로 있다가 조용히 말을 꺼냈다.

"자기 앞에 얼마의 시간이 남았는지 아무도 모른다는 거야."

저마다에게 주어진 시간은 다르다. 누구는 아주 짧게, 누구는 오래 누릴 수 있다. 자기 앞에 남은 시간을 예측할 수 없는 것도 맞다. 그걸 공평하다고 할 수 있는지 모르겠지만.

아라는 주섬주섬 수첩과 펜을 챙겨 넣었다.

"어쨌든 난 네가 기억을 찾는 걸 도와줄 거야. 혹시 알아? 나한테도 어떤 특별한 능력이 있을지. 네가 나한테 온 게 우연은 아니란 말씀이지."

아라의 얼굴에 다시 장난기가 드러났다. 밝은 모습으로 돌아온 걸 보자 비로소 안심이 되었다.

나는 갑자기 아라에게 모든 걸 털어놓고 싶어졌다. 누굴 믿어야 할지 모를 내 입장까지. 은찬의 눈빛이 어딘가 이상하다고 느낀 건 내가 너무 예민해서인지도 모른다. 도우가 나를 피하는 느낌이 드는 것도 나의 착각일 수 있다.

평범한 것 외에는 절대 용납하지 않는 삶을 살았던 듯 주변을 샅샅이 뒤져도 내게서는 기억을 좇을 만한 무엇도 나오지 않았다. 철저하게 계획되고 흐트러짐이 없는 일과였다. 학교와 학원, 공부와 성적 외에는 아무것도 없었다.

얼마 전부터 SNS를 넘나들며 다른 친구들의 흔적도 주의 깊게 보기 시작했다. 거기 어딘가에 내가 슬쩍 들어가 있기를, 나를 알 수 있는 게 하나라도 나와주기를 바라면서. 그 과정에서 나는 의외의 것들과 마주하게 되었다. 학교와 반이 바뀌고 멀어진 친구들과의 잊힌 추억도 떠올랐다. 자세히 들여다보니 친구들의 얼굴도 달라 보였다. 있는 줄도 몰랐던 얼굴의 작은 흉터, 습관처럼 쓰는 말투와 표현. 작은 것도 세심하게 살피며 나와 연관된 사람들의 발자국을 따라다녔다. 그러니까 사진을 발견한 건 우연일 수도 있고 아닐 수도 있었다.

같은 학교지만 얼굴도 잘 모르는 아이의 SNS였다. 소풍날 찍은 친구들과의 사진 한 컷이 눈에 들어왔다. 무심코 넘겼더라면 알아채지 못했을 것이다. 배경처럼 남겨진 나를. 멀리서 친구들과 어울려 있는 장면을 본 순간, 끝없이 펼쳐진 잔디에서 네 잎 클로버라도 발견한 심정이었다.

내 목에 헤드록을 걸고 있는 건 은찬이었다. 사진이나 동영상을 찍고 있는지 도우의 휴대전화가 우리 쪽을 향해 있었다. 주변에서 웃고 있는 다른 아이들만 봐도 친한 친구들끼리 즐겁게 놀고 있는 광경이었다. 처음에는 거리낌 없이 넘기다가 문득 내 얼굴을 확대해보았다. 잔뜩 구겨진 표정이 예사롭지 않았다. 장난이라기에는 얼굴이 지나치게 일그러져 있었다. 아무리 기억을 잃었다고 해도 내 표정까지 파악하지 못할 정도는 아니었다. 게다가 나는 괴로운 듯 은찬의 팔을 꽉 움켜쥔 채였다. 초점이 맞지 않아심하게 찡그린 것처럼 보일 수도 있고 뭉개진 화면 때문에 오해를 하는 걸 수도 있지만 뭔가 찜찜함이 스며들었다.

사진을 발견하고 사고에 대한 의문은 한층 커졌다. 나 혼자 은찬의 집을 나왔다는 친구들의 말은 사실이다. 인근의 CCTV에도 속도를 내며 자전거를 타고 지나가는 내가 찍혀 있었다. 다른 친구들은 따라 나오지 않았다. 사고 당시에는 친구들과 있지 않았다는 뜻이다. 그런데도 뚜렷하지 않은 무언가가 자꾸 걸렸다. 내가 기억하지 못하는 시간에 무슨 일이 있었던 건 아닐까.

그날 밤, 자전거, 축축하게 젖은 공기와 발끝의 미끈거림을 상상해보았다. 내가 다니던 길목과 장소들. 나는 무얼 하려고 했고 무슨 생각을 하고 있었을까. 현실에 있는 나와 다른 세계에 있는 내가 교차되었다. 세라의 말, 죽음에 이른 사람들. 그리고 사고가 났던 날 밤, 나와 함께 있던 친구들.

머리를 감쌌다. 한숨이 새어 나왔다. 막 일어나 가방을 메던 아라가 도로 자리에 앉았다.

"왜?"

아라가 가방을 내려놓으며 물었다.

"친구들 얼굴이 스쳤는데."

은찬과 도우가 언뜻 나타났다가 사라졌다.

"뭐라도 생각났어?"

아라의 목소리가 까마득하게 들렸다.

내가 겪은 두 시공간의 일들이 번갈아 가며 머릿속을 헤집고 다녔다. 여전히 나는 두 곳을 완전히 기억하지 못하고 있었다. 두 세계 다 마지막이 없었다.

사고가 난 건 현실의 마지막이면서 곧 다른 세계의 시작점이 되고, 그 세계를 떠나오던 끝은 다시 현실이 된다. 내 시간은 멈취 있던 게 아니라 다른 곳에서 다르게 흐르고 있던 거였다. 문제는 두 세계의 끝이 가려진 상태라는 점이다. 사고가 났던 현실의 끝과 죽음과 멀어지던 마지막. 사라진 시간을 하나로 연결할 수만 있다면 엉켜버린 기억의 실마리도 풀 수 있을 것 같았다.

"혹시 두 일이 이어져 있지 않을까?"

뜬금없는 내 물음에 아라는 선뜻 대답을 하지 못했다.

"내가 너를 만난 것부터가 별개가 아니라는 증거 아닐까?"

막연하게 추측해오던 일에 대해 묻자 아라는 걱정스럽게 나를 바라보았다. 그러고는 얼마 뒤에 고개를 끄덕여주었다. 내 말을 믿어주어서, 내 생각에 보탬을 주어서 고마웠다.

아라의 동의를 얻고 나니 용기가 생겼다. 까마득하던 일들이 성큼 다가온 느낌이었다. 가려진 기억들이 하나둘 형태를 갖추어 나가기 시작했다.

7

꿈이라고 하기에는 선명하고 경험이라기에는 먼 기억들. 병원에 누워 있는 동안, 어딘지 모를 세계에 머문 동안, 나의 감각은 깨어 있었다. 꿈이라면 그토록 명확할 수가 없었다. 아라를 만나기 전까지 꿈이라는 데 전혀 의심을 갖지 않았던 것이 이해되지 않을 정도였다.

가장 기분이 좋아지는 순간은 숲을 떠올릴 때였다. 가만히 앉아 있으면 한껏 여유로워지던 초록의 숲. 가끔은 세라와 어린 시절로 돌아간 것처럼 뛰어다녔다. 오래 달려도 세라는 힘든 기색이 없었다. 언제나 건강했던 사람처럼 씩씩하고 밝았다.

한가로운 숲과 건강한 세라가 떠오르자 저절로 입가에 미소가 어렸다. 당장 아라에게 연락해서 빠짐없이 알려주고 싶었다. 찬란하게 내리던 햇살, 햇살 아래서 눈꽃처럼 화사하게 피어나던 세

라의 미소. 간혹 어린아이들이 끼어들기라도 하면 세라는 동생을
대하듯 손을 맞잡고 놀아주었다. 그 세계를 둘러싸고 있던 건 분
명 슬픔만은 아니었다.

드문드문 떠오르는 기억은 장면들을 이어나가자 점점 더 또렷
해졌고 새로운 감각마저 깨어나는 느낌이었다. 스스로 만들어낸
거짓 이미지는 아닐지 의심을 품지 않은 것은 아니지만, 현재 내
가 알고 있는 일들 중에 그 어떤 것도 진실이라고 장담할 수는 없
기에 나는 낯선 세계 속으로 빨려 들어가는 걸 멈추지 않았다.

더할 나위 없이 평화롭다는 생각을 했었다. 죽음 뒤에 마주하
는 세계가 이런 것이라면 그대로 머무르는 것도 나쁘지 않을 것
같았다. 하지만 번번이 나를 흔들어놓은 것은 이미 죽음을 겪은
사람들이었다. 내가 보기에는 다르지 않은 것 같은데 그들은 용
케도 나의 본모습을 알아보았다. 아직 내가 경계에 있다는 사실
을. 어느 쪽에도 마음을 붙이지 못한 채 헤매고 있다는 것까지.
가는 길마다 사람들의 시선과 관심이 쏠렸다.

'네가 특별해서 그런 거야.'

세라의 말에 나는 특별한 게 뭔지 물었다.

'여기 사람들은 절대로 갖지 못하는 걸 너는 가졌잖아.'

듣고 보니 내가 대단한 사람이라도 된 양 착각이 들었다. 많은
일을 이루어내고 훌륭한 삶을 살아낸 사람들조차 이제는 가질 수
없는 것이 내게 있다.

죽음에 다가선 사람들을 눈여겨보았다. 남자와 여자, 나이 든

자와 어린아이. 한때는 모두가 같은 시간 위를 걸었을 것이다. 그리고 마침내 저마다의 삶을 끝내고 모여들었다. 간절하게 죽음에 이르고 싶어 한 사람은 거의 없을 것이다. 불가능한 일이라는 걸 알면서도 원래의 삶으로 돌아가고 싶어 하는 이도 있었다. 나를 대하는 그들의 태도에서 걱정과 부러움이 묻어났다. 무심한 듯 툭툭 뱉어내는 사람들의 말이 가슴을 파고들었다.

'시간은 선택하는 게 아니야. 주어지는 거지.'

나에게 주어진 시간을 내가 선택한 거라고 우기고 싶었다. 내 삶이니까 내 뜻대로 써도 되지 않느냐고 따지고도 싶었다. 그러나 삶을 떠나온 사람들에게 내 고집을 내세우는 일은 차마 할 수 없었다. 살고 싶은 의지가 강하면 원래 자리로 돌아갈 수 있다는 조언 앞에서 아무 대답도 하지 못했다. 실은 내 진심을 몰랐다. 어느 쪽으로 가는 게 나를 위한 길인지, 내가 원하는 일인지.

나와 상관없이 살아온 사람들의 삶이, 그들이 겪었을 기쁨과 슬픔이 느껴졌다. 그러면서도 좀체 내 삶에 대해서는 깊이 들어가려 하지 않았다. 하지만 내가 죽음에 안착할수록 과거의 나도 차차 따라오고 있었다. 예고도 없이 불쑥 기억이 스며들 때면 나는 흠칫 놀라고 말았다. 웃고 떠드는 아이들 틈에서 공부에 열중하고 있거나, 축 처진 어깨를 하고 학원 계단을 오르던 일. 도우랑 내신 점수가 같다고 말하던 선생님의 말은 격려인지 부추김인지 구분할 수가 없었다. 이따금 되살아나는 일들은 음습한 동굴로 나를 데려다놓았다.

'기억나는 일이 있어?'

'조금.'

내 대답에 세라는 더 묻지 않았다. 좋지 않은 일을 떠올린 내가 제자리로 돌아갈 의지를 아예 접게 될까 봐 염려해서였을 것이다.

'공부할 시간을 뺏기는 게 아까웠어. 내가 세운 목표에 이르지 못할까 봐 두려웠고. 기댈 수 있는 게 그거뿐이라서.'

'일부러 떠올릴 필요 없어.'

'이미 기억이 났는걸.'

내가 아무렇지 않게 대답하자 세라의 얼굴이 침울해졌다.

어둡고 긴 터널을 통과하는 기분이었다. 그러다가 곧 나를 향해 두 팔을 활짝 벌리는 실루엣이 나타났다. 익숙하고 그리운 사람.

'큰엄마…… 생각이 났어.'

사방이 고즈넉한 즈음이었다. 밤이 존재하지 않는 곳에서 시간을 가늠할 수는 없지만, 활기찬 때가 지나고 나면 종종 적막한 고요에 휩싸이고는 했다. 우리는 그때 많은 대화를 나누었다. 큰엄마 얘기도 그 무렵 꺼냈다. 친한 친구들에게도 하지 않은 얘기였다. 비밀이라고 할 수는 없어도 가슴 밑바닥에 자리하고 있던, 추억이면서 동시에 흉터로 남은 시간.

세라에게 큰엄마와의 일을 털어놓은 건 뜻밖이었다. 가까워진 지 얼마 안 된 사이인데 속마음을 보였다는 것도 신기했지만, 오랫동안 큰엄마를 잊고 있었다는 사실도 믿을 수가 없었다. 자연스럽게 멀어진 게 아니라 애써 묻어두었는지도 모른다. 큰엄마와 함께 오는 단어들을 떠올리는 게 싫었던 건 그 단어의 울림을 잘 알기 때문이었다.

'일하러 나가는 부모님을 대신해서 날 돌봐주던 분이셨어. 나한테는 가족 이상이었고.'

세라는 내 얘기에 귀를 기울였다. 그러면서 눈으로 대답을 해주었다. 굳이 말로 하지 않아도 나는 전해 들을 수 있었다. 그 눈빛의 진심을.

'큰엄마는 내가 태어난 직후부터 나를 돌봐주셨는데 맨 처음 엄마,라고 부른 것도 큰엄마한테 한 말이래. 정말이지 나는 큰엄마가 진짜 엄마인 줄 알았다니까. 퇴근한 엄마가 오면 큰엄마랑 헤어지는 게 싫어서 막 울고 그랬거든.'

옆에 누워 자장가를 불러주던 큰엄마의 음성이 들려왔다. 토닥토닥 등을 두드려주던 손길과 품에 꼭 안기던 느낌도 생생했다. 누구에게도 보이지 않았던 감정을 막상 꺼내놓고 보니, 내가 얼마나 감정의 타래를 드러내고 싶어 했는지 깨닫게 되었다.

큰엄마랑 지낸 건 일곱 살 때까지였다. 큰엄마는 사고로 세상을 떠났지만 그때 나는 죽음이 무얼 뜻하는지 이해할 수 없었다. 장례식장에서 누군가 저 아인가? 하고 내게 손가락을 가리켰을 때도 어색하게 서 있었을 뿐이다.

나를 돌봐줄 사람이 새로 왔고 나는 전에 없이 자주 떼를 썼다. 큰엄마의 자리를 다른 사람이 대신하는 걸 받아들일 수 없었다. 딴 사람과 잘 지낸다는 건 큰엄마를 영영 만날 수 없다는 걸 인정하는 일이었다.

베이비시터가 여러 번 바뀌었다. 엄마는 나를 살피기보다 베이비시터에게 책임을 물었다. 그들이 하는 어떤 변명도 엄마에게는 통하지 않았다. 나를 둘러싼 상황에서 엄마는 언제나 한 걸음 물러선 채 판단을 내렸다.

'본인이 맡은 일에 대해서는 책임을 져야지.'

엄마를 떠올리자마자 기억난 말이었다. 엄마는 제대로 업무 수행을 못 하는 걸 끔찍하게 싫어했다.

인터넷에 엄마 이름을 검색해본 적이 있었다. 광고회사 대표로 있는 엄마는 업계에서 제법 유명 인사다. 엄마의 활약상을 다룬 기사가 꽤 올라와 있었다. 대기업 광고나 나라의 중요하고 큰 행사까지 홍보를 맡아 하는 걸 보면 엄마의 능력이 보통 이상이라는 것쯤은 알 수 있었다.

엄마의 귀가는 늘 늦었고 집에 와서도 전화기를 붙잡고 있는 경우가 많다 보니, 나는 대부분의 일상을 큰엄마와 보냈다. 심장 소리까지 느낄 수 있었던 큰엄마가 곁에 없다는 게 어떤 의미인지 엄마에게 설명하지 못했다. 그러기에 나는 너무 어렸다.

다시 큰엄마를 볼 수 없다는 걸 알면서도 나는 말도 안 되는 고집을 부렸다. 큰엄마한테 데려다 달라고 울며 난리를 쳤다.

"내가 하도 떼를 쓰니까 엄마도 화가 많이 났었나 봐. 나를 방에 남겨두고 문을 닫아버렸어."

내 말에 흡, 아라가 소리를 뱉어내더니 손으로 입을 가렸다. 그네를 움직이던 발을 멈추고 나는 옆에 앉은 아라를 보았다. 같은 얘기를 했을 때 세라도 비슷한 반응을 보였었다. 세라의 눈동자 위에 덮인 아라의 눈을 나는 한동안 응시했다.

우리 사이에 세라가 있다고 믿고 난 뒤로 아라에게 자주 속을 드러냈다. 알고 지낸 기간이 얼마나 되는지는 그리 중요한 문제가 아니었다. 세라에게 했던 것처럼 나는 꾸미지 않고 내 어둠을 밖으로 꺼낼 수 있었다.

"방에서 나갈 생각도 안 하고 내내 울었어. 나가봤자 어차피 달라지지 않는다는 걸 알았던 거지. 밤이 오고 어두워질 때까지 혼자 있었어. 누가 먼저 고집을 꺾나 내기라도 하는 심정이었는지 엄마도 날 모른 척했고."

"많이 무서웠을 텐데."

어린 시절의 내가 된 양 아라는 제 팔을 감쌌다.

'큰엄마는 이제 없어!'

밖에서 엄마가 외친 말에 가슴이 먹먹하게 젖어들었다. 이미 알고 있는 일을 엄마를 통해 확인받자 일말의 기대마저 무너져 내렸다. 거짓이라도 큰엄마에 대한 희망적인 말을 듣고 싶었다. 엄마에게는 결코 바랄 수 없는 위로였지만.

그날 밤, 가지고 놀던 장난감도 예사로 보이지 않아 온몸이 덜덜 떨리던 기억이 되살아났다. 어둠 속에서 움직이던 그림자, 어디선가 들려오는 낯선 소음. 구석에 앉아 귀를 막은 내가 그려지자 그날로 돌아간 듯이 몸이 떨렸다.

"그때부터였던 것 같아. 혼자 있는 게 무서웠어. 밤이 오는 것도 싫었어. 큰엄마가 보고 싶다가도 죽은 큰엄마가 나타날까 봐 두려웠거든."

약한 면을 보이는 게 부끄러워 웃으려 했지만 잘되지 않았다.

'어두운 게 무섭다니. 바보 같지, 나?'

'아니.'

내가 물었을 때 세라는 눈빛으로 나를 안아주었다. 세라의 표정, 내게 해준 말들이 아라를 통해 재연되었다.

"누구든 그럴 수밖에 없을 거야."

비슷한 둘의 모습에 나는 가끔 놀라곤 했다. 과거를 지나온 게 아니라 미래를 앞서 봤던 게 아닐까 싶을 정도였다. 세라는 한참 앞에서 우리를 이끌어주고 있는지도 모른다는 착각이 일었다.

세라와 아라에게 말하고 난 뒤로는 큰엄마를 따라다니는 단어 앞에서 움츠러들지 않았다. 그래서였을 것이다. 엄마와 아빠의 얘기까지 꺼낼 수 있었던 건.

한밤중에 엄마의 방문을 두드리던 일, 불면증에 시달리던 엄마의 차가운 눈길에 뒷걸음질할 수밖에 없던 순간들. 그리고 언제나 어둠 속에 있던 아빠.

"아빠는 자주 카메라를 메고 훌쩍 떠났어. 떠나지 않을 때는 주로 작업실에서 생활했는데, 어쩌다가 집에 오면 불도 켜지 않은 방에서 사진만 들여다봤어. 내가 문이라도 열면……"

방 안을 밝히고 있는 건 모니터의 화면과 카메라 액정에서 흘러나오는 빛뿐이었다. 어둠을 등지고 서서 아빠는 나를 밀어내고 방문을 닫았다.

"겉으로는 냉정해도 속마음은 안 그랬을 거야."

아라는 나를 위로하려고 애썼다.

초등학교 고학년 무렵이었다. 아무도 없는 틈에 아빠 방으로 발을 들여놓았다. 벽면에 걸려 있는 사진과 책상 위에 어지러이 널려 있는 사진까지 전부 밤의 색이었다. 도시의 화려한 네온사인이 넘실거리기도 하고 한적한 마을 위로 은은한 별이 보이기도 했다. 아빠의 발길이 머물던 곳의 자취를 나도 따라갔다. 저곳은 어디일까. 나는 한 번도 가본 적 없는 장소였다. 사진 한 장을 집어 자세히 들여다보았다. 흐린 달빛 아래 끝이 보이지 않는 길이 이어져 있었다. 아무도 지나간 적이 없는 길처럼 사람의 흔적이라고는 볼 수 없는 곳이었다. 아빠는 이 길을 어떻게 찾은 건지 궁금해하면서 나는 사진을 주머니에 챙겨 넣었다.

내 방으로 돌아와 가끔 꺼내 보곤 하던 사진 속 길이 다시금 눈앞에 펼쳐졌다. 그날 이후로 나는 아빠가 없는 아빠 방에 들어가 사진을 몰래 한 장씩 가지고 나왔다.

아빠 얘기까지 하고 나서 두 손으로 얼굴을 감쌌다. 나는 다른 사람처럼 멀찍이 서서 나라는 인간을 관찰하고 있었다.

바닥에 앉아 무언가에 열중하는 어린 시절의 내 뒷모습. 한 걸음씩 조심히 다가가 내 등 뒤에 선 또 다른 나. 앉아 있는 작은 내 어깨 너머를 내려다보았다. 아빠 방에 들어갈 때마다 가지고 나온 사진들을 나는 하나씩 잘게 찢고 있었다. 천천히 온 정성을 들여서.

문어두었던 과거를 펼치자 차곡차곡 쌓여온 감정들이 들썩였다.

"율아."

아라가 그네를 탄 채로 다가와 어깨를 흔들었다. 손을 내려 아라를 보았다. 걱정스러운 아라의 얼굴을 보자 과거에서 빠져나올 수 있었지만, 수북이 쌓여가던 찢어진 사진의 이미지는 지워지지 않았다.

8

줄지어 늘어선 버스에서 아이들이 쏟아져 내렸다. 일부는 학원 건물로 들어갔고 나머지는 근처로 흩어졌다. 교실에 가방만 던져 놓고 나오는 경우도 많았다. 수업 전까지 별로 여유가 없어 대충 끼니를 때울 수 있는 메뉴를 찾고 있을 터였다.

학원이 밀집한 거리에서 마주치는 아이들은 고만고만해 보였다. 비슷한 교복, 비슷한 머리 모양에 걸음걸이나 말투까지 닮아 있었다. 같은 목표를 가지고 있고 도달해야 하는 최종점도 한곳으로 모아졌다. 거기 누구 하나가 얼마 전까지의 나라고 해도 크게 다르지 않을 것이다. 좋아하고 잘하는 것이 제각각인데도 다들 같은 문을 통과해야 한다는 기준의 부당함에 의문을 가진 적은 있지만, 그럼에도 따를 수밖에 없었다. 하지만 이제는 그 일들이 도저히 받아들일 수 없는 문제로 다가왔다.

친구들과 웃고 떠드는 아이들이 있는가 하면, 몇몇은 휴대전화를 들여다보기 바빴다. 1분 1초도 아까운 듯 밥을 먹으면서 책을 보기도 했고 쫓기듯이 음식을 욱여넣고 서둘러 자리를 뜨는 아이도 있었다. 모두에게 부족했다, 주어진 시간이. 밥을 먹고 이야기를 나누고 휴식을 취하는, 당연하고 중요한 시간이 충분치 않아 허둥거렸다.

내일의 안락한 삶을 위해 오늘 하루를 기꺼이 바치는 인생. 이 길이 행복으로 가는 길이 맞는지 묻고 싶었다. 우리가 얻고자 하는 것들이 지금 누릴 수 있는 것보다 가치 있는 것인지 궁금했다. 행복이라는 건 반드시 무언가를 포기해야만 얻을 수 있는 것인지, 과연 그게 진정한 행복인지.

편의점 안에서 나는 삼각김밥을 집었다. 한 무리의 아이들이 간식거리를 사 들고 와자하게 떠들며 옆을 지나갔다. 창가로 가서 포장을 벗기고 다른 아이들처럼 수업 시간이 얼마 남지 않은 듯이 급하게 김밥을 먹어치웠다. 당연해서 아무렇지 않던 일들이 목에 걸려 넘어가지 않았다.

꿈을 이루기 위해 앞만 보고 달린 사람들이 있었다. 최종 목표에 도달하려고 철저하게 자신을 옭아매면서, 단 하루의 자유도 허락하지 않은 채 숨 가쁘게 살아온 사람들이었다. 예고 없는 죽음은 그런 이들에게도 찾아왔다. 어느 날, 어느 순간에. 그들이 세상을 등진 사연은 저마다 다르겠지만, 무거운 걸음으로 완전한 죽음의 길을 가던 모습은 내게 애잔한 잔상으로 남았다.

오직 하나만 보고 달렸던 삶. 나중으로 미룬 일을 영원히 할 수 없을 거라는 건 상상도 못 했을 것이다. 목표를 이루었다고 해서 미뤘던 일을 할 거라는 것도 장담할 수는 없다. 내일이 되면 또 다른 일이 끼어들고, 그러다 보면 원했던 일은 끝내 포기해야 할 수도 있으니까.

수업이 시작되었는지 복작거리던 아이들이 한꺼번에 사라졌다. 편의점 직원이 쓰레기를 치우며 뒷정리를 했다. 나를 슬쩍 보기는 했으나 일부러 수업을 제치는 학생쯤으로 넘겨짚을 것이다.

이상과 현실 사이의 아이러니를 곱씹으며 편의점을 빠져나왔다. 밖으로 나와 주위를 올려다보았다. 학원이 있는 창문 안쪽은 환하게 불이 밝혀져 있었다. 창문이 가려진 곳도 상당수였다. 시간이 가는 걸 알아채서도 안 되었고 계절이 바뀌는 바람도 느낄 수 없었다.

얼마 전까지 내가 몸담고 있던 세계에서 돌아섰다. 뭐라도 하고 싶었고 할 수 있을 것 같았다. 모른 척하고 참았던 일들을, 꾹꾹 눌러 묻어두었던 작은 소망들을 꺼내고 싶었다. 그렇지만 그 일도 쉽지는 않았다. 정작 내가 뭘 원하는지 떠오르지 않았다. 아직 경험한 것보다 경험하지 못한 것이, 할 수 있는 일보다 하면 안 되는 일이 더 많았다.

학원가를 조금 벗어나, 유흥 시설이 즐비한 번화가와 마주했다. 인접한 두 세계에 강한 이질감이 들었다. 당장 할 수 있는 일을 찾다가 발길이 닿는 대로 번화가의 중심으로 들어섰다. 화려

한 불빛이 관심을 끌었지만 내 안의 허기진 공간을 채워줄 만한 건 찾지 못했다. 한동안 거리를 쏘다니다가 눈에 들어온 간판 아래로 들어섰다.

노랫소리와 기계음으로 오락실 안은 시끄러웠다. 규칙이 단순하면서 활동이 큰 게임을 골랐다. 자동차 경주는 속도도 제대로 내지 못하다가 끝이 났고 격투기도 시시하게 케이오를 당하고 말았다.

농구 게임 앞에서 멈추었다. 기계 안으로 돈을 넣자 요란한 음악이 시작되면서 농구공이 굴러 나왔다. 나는 재빠르게 공을 던졌고 공은 골대 안으로 정확히 들어갔다. 이 장면을 은찬이 보지 못한 게 아쉬웠다. 굴러 나오는 공을 쉼 없이 던졌다.

학원 앞에서 보았던 아이들이 스쳐 지나갔다. 그 안에 있던 내가, 친구들이, 그러다가 엄마 아빠, 세라와 아라가 번갈아 가며 나타났다. 누구의 말이 진실이고 누구의 행동이 진심인지 알 길이 없었다. 내 마음이 향하는 곳도.

전혀 다른 세계에서 함께한 사람들. 그들과 만난 이유를 아직 알지 못한 채 나는 혼란스러운 기억 속을 헤매 다녔다. 차라리 아무것도 몰랐더라면. 긴 잠에서 깨어나 막 눈을 떴을 때처럼 깨끗하게 지워진 채 살아갈 수 있다면. 그편이 훨씬 나았을지 모른다.

아빠는 내가 5학년 여름방학을 맞을 즈음 집을 나갔다. 짐을 챙겨 나가던 아빠의 옷자락을 붙잡았던 일을 나는 두고두고 후회했다.

'자주 만나도록 하자.'

내 손을 떼어놓으며 아빠가 건넨 인사였다. 엄마는 아빠의 행동에 어떤 대응도 하지 않았다. 현관을 나서는 아빠를 산책 나가는 가족 바라보듯 하며 차분히 차를 마셨다. 모든 과정이 너무나 자연스러웠다.

엄마 아빠의 이혼을 예견하지 못한 건 아니었다. 한집에 살면서도 엄마 아빠가 마주치는 일은 드물었다. 마주친다고 해도 서로 옷깃이라도 스칠 새라 피해 다녔다. 둘을 보며 내 존재 자체를 의심한 적도 있었다. 하지만 결국 이별의 순간이 왔을 때 나는 어쩔 줄을 몰랐다. 큰엄마를 다시 볼 수 없다는 걸 알게 되었을 때와 비슷했다.

아빠가 떠나고 나서 모아두었던 사진들을 죄다 꺼냈다. 지난 시간을 추억하듯 조심스럽게 사진을 찢었다. 태어나 한 번도 축복받지 못한 나를 위로하는 심정으로. 아빠가 담아두었던 길은 내 손에서 갈기갈기 찢겨 쌓여갔다.

생각을 멈추려고 질끈 눈을 감았다가 뜨는 찰나에 공이 손에서 미끄러졌다. 공은 골대를 맞고 바깥으로 튕겨 나갔다. 다음 공도, 그다음 공도. 한 번 감각이 깨지자 연달아 실수를 하고 말았다. 머릿속에 끼어든 잡념 때문에 집중력이 흐려진 탓이다. 슛을 하려던 자세를 멈추고 손을 내렸다.

어느 날부터인가 모든 게 시시했지만 삶은 갈수록 치열해졌다.

'널 지켜줄 유일한 길이 공부야.'

내 팔을 붙잡고 말하는 엄마의 모습이 강하게 각인되었다. 엄마의 말은 언제나 거역할 수 없는 진리였다. 나는 성적에 더 매달렸다.

지시를 잘 따른 직원에게 하듯 잘했다, 말하는 엄마의 칭찬을 듣기 위해서는 아니었다. 성적이 떨어졌을 때 왜 그런 결과를 냈는지 인과관계를 따져 사태를 수습하려는 엄마의 태도에 불만을 가져서도, 오랜만에 만난 아빠 앞에서 당당해지기 위해서도 아니었다. 이유는 단 하나. 배신하지 않는 일에 나를 걸었던 것뿐이다. 그게 전부였다. 다른 건 끼어들 틈이 없었다. 내가 몸담은 세계는 그렇게 담을 쌓아갔다.

어느새 음악이 멈추고 게임은 끝이 났다. 손에 들고 있던 공을 바닥으로 텅 던져버렸다. 짓눌려 있던 기억이 되살아났다. 항상 일등을 유지했던 중학교 때와는 달리 고등학교에서는 성적이 뒤로 밀린 적도 있었다. 다시 일등을 차지해도 걱정이 앞섰다. 도우를 만난 걸 변수라고 할 수도 없었다. 어디든 경쟁자는 있고 누가 되었든 최고를 두고 다투어야 하는 건 당연했다.

문득 떠오른 생각이 친구들을 소환시켰다. 뭐든 잘 해내는 강도우는 학교나 학원에서 단연 눈에 띄었다. 늘 친구들을 몰고 다니면서 앞에 나섰다. 공부는 물론 무엇 하나 남들보다 뒤처지지 않았다. 같은 반이 된 뒤로 신경이 쓰였지만 경쟁자라고 해서 무조건 멀리하거나 껄끄럽게 지낼 필요는 없었다. 그보다 중요한 건 같이 다닐 친구가 확보되어야 한다는 점이었고, 그 친구가 누구나 친해지고 싶어 하는 아이라면 마다할 이유가 없었다.

　문제는 친구들을 떠올릴 때마다 낯선 감정이 끼어든다는 사실이었다. 친구들의 표정에서, 얼핏 들리는 말투에서 점점 초조해하고 있는 나를 느꼈다. 가만히 목을 감싸 쥐었다. 무엇 때문인지 깊이 들어가려고 하면 커다란 벽이 내려와 내 앞을 가로막았다. 때로는 벽이 있어 까마득했고 차라리 벽이 있어 안도하기를 반복하면서 나는 같은 자리에 머물러 있었다.

　'그만 좀!'

　별안간 끼어든 내 목소리에 나는 소스라치게 놀랐다. 오락실 안을 떠다니는 조명과 사람들의 움직임은 그대로인데, 주변이 일제히 음소거되면서 오로지 하나의 목소리만 울려 퍼졌다.

　교실에 앉아 있는 내게 친구들이 다가왔다. 은찬이 나를 향해 뛰어왔고 나는 반사적으로 자리에서 일어섰다. 나보다 한발 빠르게 움직인 은찬이 내 얼굴에 교복 재킷을 덮어씌웠다. 이어 도우와 다른 아이들의 낄낄거리는 소리가 둔탁하게 들렸다. 은찬이 내 머리를 잡고 빙글빙글 돌았다. 그만두라는 뜻으로 은찬의 팔을 두드렸는데도 은찬은 멈추지 않았다. 이리저리 휘둘리는 내가 바보 같았지만 내 의지대로 벗어날 수가 없었다. 내동댕이치다시피 은찬이 나를 밀어냈을 때에야 나는 가까스로 책상을 짚고 섰다. 재킷을 벗어내자마자 숨을 몰아쉬었다.

　'밥 먹으러 가자.'

　도우는 아무 일도 없던 것처럼 말하고 앞서갔다. 이어 은찬도 내 어깨에 팔을 둘렀다. 친구들에게는 가벼운 장난이고 교실 안의 누구도 개의치 않는 분위기였지만 나는 달랐다. 저항할 수 없는 나약함에 분노가 일었다. 스스로에게도, 친구들에게도.

과거가 돌아오면서 알고 싶지 않은 진실과 마주하게 될까 봐 두려워지기 시작했다. 어느 지점부터 어긋나 있는 건지 명확하지 않았다. 사고가 났던 시점인지, 그보다 오래전 어느 날부터인지.

혼자 하는 게임은 무엇 하나 흥미롭지가 않았다. 아라가 있을 때는 귀찮았는데 곁에 없으니 허전했다. 밖으로 나오며 휴대전화를 열어보았다. 마침 아라에게 문자가 와 있었다.

—오늘은 대한민국의 고딩 생활 중 ㅠㅠ

—새로운 일 있으면 즉시 연락 바람

문자만 봐도 위로가 되었다.

아라는 요즘 틈날 때마다 내 뒤를 따라다녔다. 누가 보면 나를 좋아하는 애로 오해할 만큼 적극적이었다. 특별한 일이 없는 날이면 나를 만나러 오는 게 아라의 일상이었다. 다른 스케줄 때문에 오지 못하는 날에는 수시로 문자를 보내 상황을 확인했는데, 빼먹지 않고 하는 질문은 꼭 세라에 관한 거였다. 세라가 어떤 행동을 했고 누구와 어떻게 지냈는지 듣고 싶어 했다. 내 말을 반신반의하면서도 세라의 얘기가 나오면 눈을 반짝였다. 그렇게라도 세라를 만나고 싶어 한다는 걸 알기 때문에 나도 아라를 외면할 수 없었다.

간혹 아라에게서는 평소 같지 않은 모습이 엿보이고는 했다.

세라 얘기를 하다가 말을 잇지 못하거나 먼 곳을 바라보며 쓸쓸하게 웃을 때처럼. 그럴 때를 제외하면 세라와는 성격이 다른 것 같지만, 알면 알수록 둘 사이에 공통점도 많았다. 딴 사람의 일을 지나치지 못하는 게 특히 그랬다.

세라가 여전히 곁에 있다면 어떨까. 우리가 좀더 일찍 만나서 친구가 되었더라면.

세라는 내가 아는 것보다 훨씬 밝은 아이일 수도 있었다. 투병 중에도 친구들과 찍은 사진 안에서 세라는 환한 얼굴을 하고 있었다. 아프고 힘들었겠지만, 매시간이 소중하다는 걸 알고 있는 듯했다. 내가 살고 있는 시간 안에 세라가 함께하지 못한다는 사실이 아프게 다가왔다. 나는 어느새 아라와 같은 마음이 되어 세라를 추억하고 있었다.

사고가 있기 전까지 친했던 친구들은 멀어져 있었다. 누구도 내 과거에 자신들이 있었다는 점을 드러내지 않았다. 오히려 내게서 지워진 걸 다행이라고 여기는 건 아닌지 의심스러울 정도였다. 아니면 내 경계심 탓에 친구들을 있는 그대로 보지 못하는 걸 수도 있었다.

친구들에게는 내 경험을 털어놓지 못했다. 잠들어 있는 동안 겪었던 일을 말하면 은찬이 얼마나 믿어줄지 짐작하기 어려웠다. 아라와 달리, 은찬과는 내 경험을 증명할 만한 연결 고리가 없었다. 더군다나 차츰 찾아가는 기억 속에서 은찬은 내가 믿었던 과거의 친구가 아니었다. 도우도 마찬가지였다. 친구들은 알고 있을지 모른다. 내가 기억하지 못하는 어떤 일을. 내가 떠올리기 두려워하는 무엇을.

집에 돌아와서 나는 안방과 서재를 뒤졌다. 발견하지 못한 것들이 분명 있을 터였다. 내가 남긴 흔적이 어디에, 어떤 형태로든.

내 방은 물론 집 안 곳곳, 옷장과 엄마의 외투 주머니까지 꼼꼼하게 찾아보았지만 특별한 건 없었다. 기껏 찾은 건 엄마의 화장대 서랍에서 나온 명함 한 장이 다였다. 몇 번인가 아빠와 만났던 음식점이었다. 명함에는 약도와 전화번호가 적혀 있었다. 유일하게 내 기억을 추정할 수 있는 물건이었다.

아빠를 기다리며 여러 번 들춰본 메뉴판, 주문을 받으러 온 직원, 다 먹지 못하고 남긴 음식. 과거로 들어가기라도 할 듯이 나는 한참이나 명함을 손에서 놓지 않았다.

9

죽음과 가까이 있던 일들이 더욱 선명해지면서 아라에게 세라의 얘기를 들려줄 수 있었다. 세라에 대한 기억과 함께 찾아온 건 가슴에 묻어두었던 엄마 아빠에 대한 감정이었다. 완전한 죽음으로 향하던 사람들의 쓸쓸한 눈빛 위로 친구들과의 관계도 조금씩 드러났다.

한쪽의 기억이 살아나면 나머지 한쪽도 자연스럽게 따라올 거라던 추측이 맞는 건지, 전혀 다른 두 세계는 시소처럼 오르내렸다. 언젠가는 두 세계가 수평을 맞출 수 있을지도 모른다. 하지만 그건 되레 나를 불행하게 만들 수도 있었다. 똑같이 반복되는 시간인 줄 알았는데 어딘가가 어긋나 있고, 이전의 생활로 돌아간다는 건 어긋난 상황 속으로 들어가야 한다는 걸 뜻했다. 그렇다고 외면할 수는 없었다. 지워진 기억을 찾아야 내 여행의 시작과

끝도 설명될 것이다.

도우를 찾아가기로 했다. 연락이 잘 닿지 않아 무작정 도우의 집 근처로 가서 기다렸다.

"내가 얼마나 시달렸는지 알아?"

나와 마주치자 도우는 살짝 놀라는가 싶더니 이내 불만을 터뜨렸다. 선생님과 우리 엄마에게 여러 번 불려가고 경찰 앞에서도 진술을 했다면서 범죄자 취급을 당한 억울함을 늘어놓았다. 도우가 나를 피했던 이유였을까.

"네 잘못으로 사고가 난 건데, 왜 우리가 엮여야 되냐?"

가장 친했다고 믿었던 친구들. 그건 나의 착각이나 바람이었을 수도 있겠다는 데 생각이 미쳤다.

"그날 일에 대해 알고 싶어."

나는 억양 없는 투로 물었다. 도우의 면면이 나를 거부하고 있다는 게 느껴졌지만 물러설 수 없었다. 무슨 말이든 들어야 했다.

"뭔 일?"

도우가 약간 시비조로 되물었다.

도우는 늘 당당하다는 걸 잊고 있었다. 무엇에도 주눅 들거나 위축되지 않았다. 그 당당함에서는 상대방을 제압하는 힘이 느껴졌고 반 아이들 중 누구도 도우의 의견에 반대한 경우는 없었다. 도우가 움츠러든 걸 본 건 단 한 번이었다.

아빠를 기다리다 번번이 혼자 밥을 먹고 나왔던 곳. 기대 없이 나갔다가 약속 시간에 아빠가 나타났던 날, 나는 오히려 당황스러웠다. 어디 먼 곳이라도 다녀왔는지 아빠는 지친 기색이었는데 표정은 전에 없이 밝아 보였다. 어색한 눈인사를 나누고 우리는 자리에 앉았다. 혼자 밥을 먹는 것도 싫었지만 아빠와 마주 앉아 먹는 음식도 잘 넘어가지 않았다.

'엄마가 알아서 하겠지만, 혹시 몰라서 네 앞으로 보험이랑 펀드도 들어놨다.'

크리스마스 선물을 전해주는 산타 할아버지처럼 아빠는 자상하게 말했다. 언성을 높이거나 화를 낸 적이 없던 터라 말투나 목소리만으로는 아빠의 감정을 구분할 수 없었다. 엄마에 대한 아빠의 신뢰가 새삼스러웠을 뿐이다.

오로지 음식에만 시선을 둔 채로 나는 묵묵히 밥만 먹었다. 뜸을 들이다가 아빠가 재혼 얘기를 꺼냈을 때도 동요하지 않고 젓가락을 움직였다. 엄마 아빠의 이혼이 놀랍지 않았듯이 엄마 아빠가 각자의 인생을 살아간다는 사실 또한 크게 다가오지 않았다.

우리는 별 의미 없는 대화를 간간이 이어갔다. 대화는 자주 끊어졌고 사이사이로 침묵이 흘렀다. 침묵을 깨고 끼어드는 건 다른 테이블에서 들려오는 소리였다.

'한심한 자식. 고작 그 정도라니.'

나중에는 등 뒤에서 들리는 말에 더 집중이 될 지경이었다. 중저음의 목소리 때문에 기껏 넘긴 음식이 얹혀 내려가지 않았다. 대꾸하는 이도 없는데 한 사람만 독백처럼 말하고 있었다.

'아들이라고 하나 있는 게……'

마침 아빠의 휴대전화가 울렸다. 계산을 하고 있을 테니 마저 먹고 나오라는 말을 남기고 아빠는 자리에서 일어섰다. 차라리 잘됐다 싶어 나도 숟가락을 내려놓았다. 가방을 들고 일어서다가 뒤를 보는데, 줄곧 혼자 이야기하고 있던 목소리의 주인이 얼핏 보였다. 남자가 앉아 있는 원형 테이블에 도우가 있었다. 그렇게 기죽은 도우는 처음이었다. 도우의 엄마와 여동생으로 보이는 이들도 식사만 할 뿐 입을 여는 사람은 없었다. 당황한 나머지 모르는 척하고 돌아서려는데 이미 도우와 눈이 마주친 다음이었다. 급히 시선을 피하고 밖으로 나왔다.

다음 날 학교에서 우리는 아무 일도 없는 듯이 행동했지만 겉으로 드러나는 게 전부는 아니었다. 재혼 소식을 전하던 아빠의 말을 도우도 들었을 것이다. 나 역시 도우가 보이고 싶어 하지 않을 모습을 보고 말았다. 우리는 본의 아니게 약점을 들킨 사이가 되었다. 보고 들은 걸 발설하지 않겠다는 암묵적인 동의하에 우리는 서로를 대했다.

엄마의 방에서 나온 명함 한 장에 이어진 기억들. 나는 도우를 찾아갈 수밖에 없었다.

"그 시간에 나 혼자 나갔다는 게 이상해. 가기 전에 무슨 얘기라도 하지 않았어?"

내가 거듭 묻자 도우가 살짝 인상을 썼다.

"네 사정을 내가 어떻게 알아? 집에 가서 공부를 하려는지, 잠을 자려는지 내가 알 게 뭐야?"

도우의 말에는 화가 잔뜩 묻어 있었다.

"분명히 말하는데 그날 아무 일도 없었어. 내가 밖으로 나갔을 때 넌 벌써 자전거에 올라타고 있었다고."

"별일이…… 없었다고?"

"그냥 혼자 알아서 놀았다는 얘기야. 게임도 하고 잠도 자고 폰으로 영상이나 보면서. 늘 그랬잖아? 넌 그게 싫어서 먼저 갔던 거 아냐?"

따지듯 말하는 도우의 한쪽 눈썹이 치켜 올라갔다.

"그래, 게임을 했어."

내가 나직이 말했다. 도우의 표정이 미세하게 변했다.

다들 휴대전화를 붙잡고 있을 때 누군가가 제안했다. 누구였는지는 확실하지 않다. 소파에서 벌떡 일어나며 게임이나 하자,라고 말한 아이가. 지하실을 가리키며 '방 탈출 게임'을 외쳤던 건 또 누구였는지.

"더 알고 싶으면 박은찬한테 물어보든지."

도우가 자리를 뜨려고 해서 나는 얼른 도우의 팔을 붙잡았다. 은찬도 도우처럼 그날 일에 대해서는 한마디도 해주지 않았다. 우리가 집 안에서 각자 시간을 보냈다는 말만 들었다.

"또 뭐?"

내 팔을 쳐내며 도우가 짜증을 냈다.

"평소에 하는 너희들 장난, 난 별로였어."

응어리처럼 품어왔던 말을 꺼냈다. 내 목을 휘감은 팔에서 전해지던 완력, 억지로 끌려갈 때의 기분을 아이들은 정말 몰랐을까.

"그 얘기를 왜 지금 해? 그렇게 싫었으면 우리랑 안 어울리면 됐잖아."

내 입장을 알고 있는 것처럼 도우는 빠르게 말했다. 나는 바로 대꾸하지 못하고 머뭇댔다.

반 분위기는 도우를 중심으로 흘러갔고, 은찬도 도우와 늘 붙어 다녔다. 도우와 가까워지고 난 뒤로 잦아진 친구들의 장난이 싫었지만 드러내놓고 내색할 수는 없었다. 그게 어떤 결과를 가져올지 너무나 잘 알고 있었다.

결국 나는 도우에게 제대로 따지지 못했다. 도우의 말을 내가 부정할 근거는 없었다.

"어쨌든 깨어난 건 축하할게. 다시 교실에서 볼 수 있을지는 모르지만."

도우는 말을 끝내고 가려다가 돌아섰다. 그러고는 잠시 망설였다.

"이 얘기는 안 하려고 했는데…… 그날 너, 좀 이상했어. 아니다, 예전부터 그랬지. 딴 세계에 있는 사람처럼 멍청하게 창밖이나 보고 있고. 우리가 장난친 것도 다 그것 때문이었다고."

이래도 모르겠냐는 듯이 도우는 내 눈을 빤히 보았다. 내가 싫어했던 행동들이 나를 위해서였다는 말을 하고 싶은 걸까.

"이혼 후에도 네 걱정을 끔찍이 하는 너희 부모님이 충격받을까 봐 얘기는 못 했는데, 그 시간에 혼자 공사장 쪽으로 간 것 자체가 정상이 아니라는 뜻 아니냐?"

도우의 말은 더는 자기들을 의심하지도, 그날의 일을 알려고 하지도 말라는 뜻으로 들렸다.

멀어지는 도우를 보고 있자니 갑자기 귀에서 이명이 울렸다. 주변은 조용한데 잡음이 섞여 들어왔다. 알 수 없는 소리가 점차 커져 나는 양손으로 귀를 막았다. 도우가 완전히 사라지고 난 뒤로도 같은 자리에 얼마나 오랫동안 있었는지 모른다.

사고의 순간이 희미하게 다가왔다. 진짜 내가 겪은 일인지, 내 편의대로 만들어내는 건지 분명하지 않았다.

허둥지둥 자전거에 올라타던 내가 그려졌다. 방향을 잡지 못한 핸들이 좌우로 흔들렸다. 자전거가 중심을 잡고 나서는 빠르게 발을 굴렸다. 기억은 자전거를 몰던 장면에서 멈추었지만 도우의 말처럼 나는 제정신이 아니었다. 확실한 건 게임이 지루해서, 못다한 공부가 걱정돼서 핑계를 대고 빠져나온 게 아니라는 점이다.

자전거가 놓인 곳으로 올 때 정원을 지나 계단으로 내려왔는지, 지하실을 통과해 차고로 왔는지 아무리 떠올리려 해도 기억은 한 발짝도 나아가지 않았다. 은찬의 집을 나오기 전에 무슨 일이 있었는지 알아야 했다. 그래야 이후의 내 행동도 설명할 수 있을 것이다.

썩 내키지 않았지만 더는 미룰 수가 없었다. 담임선생님이 여러 번 연락을 한 데다가 학교에 가면 사소한 거라도 알아낼 수 있을지 모른다는 기대로 어렵사리 발걸음을 옮겼다.

교무실의 문을 열고 들어서자 담임선생님은 놀란 눈으로 한걸음에 달려와 내 손을 덥석 잡았다. 눈물까지 그렁그렁한 얼굴이 부담스러워 나는 슬그머니 손을 뺐다. 교무실에 있던 다른 선생님들도 관심을 보였다.

"서율, 이제 괜찮은 거지?"

선생님들이 한마디씩 건넸다.

"다행이다, 다행이야."

교감 선생님까지 거들었다. 나는 어정쩡하게 인사를 했다. 교감 선생님의 다행이라는 말의 진짜 속뜻에는, 내가 깨어나서 큰 문제 없이 사건이 마무리될 거라는 의미도 포함되었을 것이다. 학교 밖에서 일어난 일이지만, 내가 깨어나지 못했더라면 학교에도 책임이 따를 수 있었다. 사고 전 함께 있던 친구들을 향한 의심도 없지 않았기에 내 의식이 돌아온 건 학교 입장에서 반가운 일이 아닐 수 없었다.

"병원에서 봤을 때보다 얼굴이 좋아졌네."

담임선생님이 의자를 끌어다 주었다.

"학교에 오면 그동안의 수업 내용은 챙겨주겠다고 엄마한테 말씀드렸었는데 갑자기 올 줄은 몰랐어."

선생님은 말하며 태블릿PC를 켰다. 진도나 시험 내용 등을 알려주기 위해서인지 선생님의 손가락이 빠르게 움직였다.

"그보다는……"

내가 입을 열자 선생님의 눈길이 나에게 멈추었다. 그리고 보니 선생님의 긴 생머리가 단발로 바뀌어 있었다. 아이들과의 기 싸움에서 밀리지 않으려고 선생님은 번번이 목소리를 깔고는 했었다. 교사가 되고 첫 담임을 맡자마자 반 아이에게 사고가 생겼으니 선생님에게도 운이 없는 일이었다.

"죄송해요, 선생님."

"아니, 뭐. 네 잘못은 아니니까."

내 사과에 선생님의 눈가가 붉어졌다.

"네가 잘못됐으면, 나도 정말 힘들었을 거야."

선생님의 말은 진심으로 들렸다.

"영어 먼저 시작하고 다른 과목은 천천히 할게요."

이어진 내 말에 선생님의 표정이 밝아졌다.

"그럴래? 하긴 언어라는 게 한 번 해놓으면 쉽게 잊히지 않지."

선생님은 개학 첫날처럼 활기찬 얼굴로 돌아와 필요한 게 있으면 뭐든 얘기하라며 나를 북돋워주었다. 시험을 놓쳤기 때문에 친구들과 발을 맞추는 건 불가능했다. 중간고사를 대체하는 문제에 대해서는 일부 학부모들의 반발과 형평성 때문에 방법을 찾기가 어려웠다. 선택은 두 가지였다. 친구들보다 늦게 졸업하는 것과 학교 이외의 길을 가는 것. 나는 아직 어느 쪽도 결정을 내리지 못했다.

"교실에 좀 가봐도 돼요?"

내 물음에 선생님은 살짝 망설였다. 기억을 떠올리는 데 도움이 될지 모른다는 말을 하자 선생님이 자리에서 일어섰다.

교무실을 나와 복도를 걸었다. 교실은 모두 잠겨 있었고 아이들이 빠져나간 복도는 황량하기까지 했다.

"애들은 어때요? 잘 지내죠?"

나는 은근슬쩍 물었다.

"다들 네 걱정만 했지."

선생님이 선한 웃음을 지었다. 선생님을 따라가면서 복도와 교실을 차례로 훑어보았다. 나는 어떤 학생이었냐고 물을까 하다가 그만두었다. 선생님이 나를 지켜본 건 얼마 되지 않고 그 눈에 비친 내가 진짜였는지도 판단할 수 없었다.

곳곳에 CCTV가 설치되어 있지만 학교와 학원 어디에서도 내게 특이점은 없었다고 했다. 복도를 지나 수업할 교실에 들어가고 교실 안에서는 공부에 집중한 게 전부였다. 아이들과 얘기를 나누거나 노는 광경이 포착되기도 했으나 주목할 만한 건 없었다. 사고 당일도 다르지 않았다. 마을의 CCTV에는 자전거를 탄 내가 속도를 내어 달리는 장면이 다였다. 엄마의 의심이 심증에 머물 수밖에 없던 이유였다. 하지만 그 말은 다르게 해석할 수도 있었다. 적어도 CCTV 아래에서는 어른들의 의심을 살 만한 일이 벌어지지 않았거나, 어른들이 실체에 접근하지 못했을지도 모른다는 또 다른 가능성.

"잠깐만 둘러보고 나와."

교실 문을 열어주면서 선생님이 말했다. 나는 혼자 안으로 들어섰고 선생님은 문을 활짝 열어둔 채로 밖에서 기다렸다.

교실이 한눈에 들어왔다. 걸음을 옮기다가 멈추어 섰다. 창가와 가까운 중간 열. 내 자리였다. 오후가 되면 해가 비쳐 가끔 눈이 부셨던 자리. 수업이 지루할 때마다 시선이 머물렀던 창밖의 풍경. 학교에 오기 전까지는 몰랐던 일들이 깨어나는 느낌이었다.

창가로 다가갔다. 뒤에서 지켜보고 있는 선생님이 신경 쓰여 창문은 열지 않았다. 수업이 끝나고 난 뒤의 학교는 조용했다. 남아 있는 아이들은 대부분 도서관에서 공부를 하고 있을 터였다. 아이들 몇이 교문을 빠져나가고 있었다.

내가 교실을 둘러보는 사이에 선생님은 통화를 하면서 가끔 나를 살폈다.

"사물함 좀 열어볼게요."

휴대전화를 잠시 귀에서 떼면서 선생님은 그러라고 허락했다.

사물함 안에는 매일 가지고 다닐 필요가 없는 교과서나 체육복을 넣어두고는 했었다. 사물함 속 물건들은 엄마가 일찌감치 챙겨서 비어 있을 줄 알았는데 의외의 물건들이 들어 있었다. 사탕과 초콜릿, 포장된 작은 상자와 쪽지도 있었다. 쪽지를 펼치자 아래 적힌 이름이 먼저 눈에 들어왔다. 얼굴도 잘 떠오르지 않는 아이가 남긴 메모였다. 꼭 깨어나라고, 건강해져서 같이 한 교실에서 공부하자는 내용이었다. 가슴이 뭉클해졌다. 내가 잠들어 있는 동안 나를 잊지 않았다는 사실에 기억도 나지 않는 반 친구가 한없이 고마웠다.

갑자기 내가 알아내려고 하는 것들을 덮고 싶다는 충동이 들었다. 기억나지 않는 일들은 그렇게 묻은 채로, 지금부터 다시 살면 되는 게 아닐까 싶었다. 그편이 나을 수도 있다. 다시금 생각나는 일들은 나를 가장자리로 몰아가고 있었다. 엄마 아빠에 대한 감정이 그랬고 친구들과의 관계 또한 마찬가지였다.

도우를 만나고는 일이 한층 엉켜버렸다. 이해가 되지 않는 그 날의 내 행동. 도우가 잘못 알고 있는 거라고 믿고 싶은 바람과는 반대로 도우의 말은 나를 깨웠다. 딴 세계에 있는 사람처럼, 정상이 아니라던 말. 어쩌면 나는 도우의 말을 듣기 훨씬 전부터 어떤 가능성을 고려했는지도 모른다.

착각이나 실수가 아니라 내가 일부러 공사장 쪽으로 방향을 잡았을 확률. 길이 끝난다는 걸 알면서도 속도를 줄이지 않고 달렸다는 가정. 추측하다가 곧 고개를 저었다. 행복하다고 느낀 적은 별로 없어도 내 삶을 함부로 내던질 작정을 했던 적도 없었다. 그런데 그게 정말일까, 묻는데 확신이 서지 않았다. 진실을 알고 있는 건 단 한 사람, 나뿐이었다.

사물함에 있는 물건들을 거의 확인했을 무렵이었다. 구석에서 구겨진 쪽지 하나가 나왔다. 쪽지를 펼쳐 흘려 쓴 글자를 보자마자 가슴이 쿵 내려앉았다.

—다시 안 돌아왔으면 좋겠어

누군가 내게 저주를 퍼붓는 기분이었다. 영원히 깨어나지 말고, 아무것도 기억하지 말라고. 대체 누가, 왜 이런 걸 남긴 걸까.

"이제 그만 가야지?"

선생님의 말에 정신을 차렸다.

"이거 가져가도 돼요?"

묻는 목소리가 떨려 나왔다.

"애들이 저런 걸 넣었는지 나도 몰랐네."

선생님은 나보다 감동받은 얼굴이었다. 전부 나를 응원하는 쪽지인 줄 아는 모양이었다.

사물함 속 물건들을 챙기면서도 진정이 되지 않았다. 속이 울렁거리면서 심장이 빠르게 뛰었다. 침착하려 했지만 현기증이 일어 물건을 챙기는 손이 다급해졌다. 교실을 나와 선생님을 따라가다가 뒤를 돌아보았다.

복도를 걸어가는 내 뒷모습이 보였다. 얘기를 나누거나 장난을 치던 아이들이 나를 발견하고는 양옆으로 비켜섰다. 비웃음을 흘리며 귀엣말을 하는 아이들이 시야에 들어왔다. 아이들의 반응을 외면한 채로 나는 교실 앞에 섰다. 막 문을 열려고 손을 올렸을 때, 무언가 날아와 퍽 소리를 내며 내 몸에 부딪혔고 이내 교복이 축축하게 젖어들었다. 떨어진 우유 팩에서 남은 액체가 흘러나왔다.

'변태 자식.'

송유미가 가까이 와 나를 쏘아보았다. 같은 반은 아니지만 공부 잘하고 도도한 걸로 유명한 애였다.

'도대체 몇 명이야? 몰래 사진 찍은 거?'

송유미의 눈이 증오로 가득 찼다.

'나, 아니야.'

나는 또박또박 대답했다. 조금이라도 흔들리면 인정하는 셈이 될 테니까.

'얘 좀 봐. 진짜 뻔뻔하다.'

다른 아이들에게 동의를 구하듯이 송유미는 주변을 향해 큰 소리로 말했다.

'네 폰으로 찍어서, 네 이름으로 단체 대화방에 올려놓고 아니라고?'

송유미와 아이들의 조소가 내게 꽂혔다. 휴대전화를 잃어버렸던 거라고, 내 카메라에 어떤 사진이 찍혔는지도 몰랐고 누가 그랬는지는 더더욱 모른다는 말은 아무도 믿지 않았다.

사진은 열 장 가까이 되었다. 도서관 책상 위에서 송유미가 엎드려 자는 모습과 복도를 걸어가는 뒷모습, 목덜미, 손목, 다리 등 신체 일부를 찍은 사진이었다. 그중 얼굴을 클로즈업한 건 송유미 최대의 굴욕 사진이 되었다. 카메라를 의식하지 않고 표정을 짓던 걸 순식간에 잡은 거라 평소 예쁘고 완벽한 이미지와는 전연 달랐다. 게슴츠레 뜬 눈과 반쯤 벌린 입은 도저히 송유미라고 할 수 없을 정도로 망가져 있었다. 당사자가 불쾌해하기에 마땅한 사진들이었다. 사진은 내 계정으로 단체 대화방에 차례로 올라갔고, 대화방에 있던 한 명이 송유미에게 사진을 전송하면서 일은 삽시간에 커졌다. 도서관에는 대출받은 책을 반납하기 위해 잠깐 들렀던 건데, 마침 송유미가 있던 그 시각에 도서관에서 나를 봤다는 목격담들이 속속 나왔다.

'겉으로는 모범생인 척하면서. 너 같은 건……'

벌레 보듯 바라보는 송유미의 얼굴, 커지는 아이들의 비웃음과 비아냥거림이 또렷하게 다가왔다.

빠르게 지나간 장면에 그날의 감정이 되살아나 눈가가 뜨거워졌다.

"아니야, 난 아니야."

말하면서 고개를 내저었다.

앞서가던 선생님이 돌아보았다. 손이 덜덜 떨려 나는 그만 들고 있던 것들을 한꺼번에 놓치고 말았다. 아이들이 준 선물이 와르르 바닥으로 쏟아졌다. 한 손으로 나머지 손을 붙잡았다. 선생님과 눈을 맞추지 않으려고 바닥으로 눈길을 떨구었다.

현실에서 나는 엉망이었다. 나를 둘러싼 상황을 모조리 부정하고 싶을 만큼. 정말이지, 제자리로 돌아오지 않는 게 나았던 걸까.

10

자전거를 타고 달리고 있었다. 어둠 속에서도 온몸의 감각은 예민하게 깨어났다. 한두 방울씩 가늘게 떨어지기 시작하는 빗줄기가 볼을 적셨다. 불어오는 바람에 서늘한 기운이 담겨 있었다. 흐릿한 불빛 사이로 꽃잎이 휘날렸다. 거센 바람에 벚꽃 잎이 눈처럼 내리는 풍경 속에서 나는 자전거의 속도를 올렸다.

그러고는 곧 장면이 바뀌어 완전히 다른 상황이 되었다. 내 몸은 공중에 떠 있었다. 몇 초나 걸린 걸까. 체감 시간은 아주 길다. 자전거와 함께 떠오른 뒤에 다시 지면으로 떨어지기까지의.

바닥에 몸이 닿기 직전, 악몽에서 깨어나듯이 모든 일이 멈추었다. 다행히 고통은 느껴지지 않았다. 내 시간이 어디론가 훌쩍 날아가 다르게 흐르던 시점. 세라를 만나고 여러 사람들과 신기한 인연이 맺어지던 순간.

큰엄마를 시작으로 과거가 떠오르는 데 반해 나는 갈수록 삶과 멀어지고 있다는 걸 느꼈다. 사고 직전의 상황을 기억했을 때는 현실에서 또 뒤로 물러나버렸다.

'지나간 일을 돌아보지 말고 네가 살아갈 날을 그려봐.'

완전한 죽음으로 떠나기 전에 사람들이 다가와 말을 건넸다. 누군가는 격려를, 누군가는 호통을 쳤고 아무 말 없이 어깨를 두 드려주는 이도 있었다.

'여기는 아름답고 즐거운 걸 마음껏 누리다 와도 늦지 않아.'

진심을 담은 사람들의 말에 나는 대꾸하지 못했다. 아름답지 않고 즐겁지 않은 것도 많다고 하려다가 그만두었다. 다들 그 전 부가 아름답다고 말할 것 같았다. 나보다 어린 아이의 위로를 받 을 때는 왠지 죄를 짓는 기분에 사로잡혀 아이의 눈을 똑바로 바 라볼 수가 없었다.

어떤 미래를 그려야 할지 모른다는 말을, 남은 삶을 위해 원래 의 자리로 돌아갈 자신이 없다는 말을 입안에서만 웅얼댔다.

'자꾸 죽음에 가까워지고 있는 네가 안쓰러운 거야. 억지로 떠 밀어서라도 널 보내고 싶은 게 이곳 사람들 마음이니까.'

세라가 앉아 있는 나무 위를 올려다보았다. 세라의 발이 허공 에서 흔들렸다.

'왜? 내 삶을 모르면서 나를 보내고 싶어 해?'

세라의 말을 이해하지 못하는 것도 아니면서 나는 괜히 심술을 냈다.

'아직 네게 시간이 남았잖아. 남은 시간은 어떻게든 살아야 하는 거고.'

사방이 뚫린 곳인데 세라의 목소리가 울렸다. 나지막한 소리가 미세한 진동으로 전해졌다.

이유도 모른 채 삶을 떠나왔다는 사실에 억울할 때도 있었지만 그게 돌아가고 싶은 마음이라고 생각하지는 않았다. 남은 생을 버틸 수 있을 정도로 중요하고 가치 있는 일도 떠올릴 수가 없었다. 무엇과도 마주할 용기가 없는 심정을 다른 사람에게 들킬까 봐 나는 더 움츠러들었다.

'내가 잘못되면 사람들이 후회하지 않을까? 내게 소홀했던 걸 미안해하지 않을까?'

무슨 대답을 듣고 싶은 건지 알 수 없어 하면서도 나는 묻고 말았다.

'정말 그렇게 생각해?'

대답 대신에 세라는 내게 반문했다. 세라가 아래를 내려다보며 움직일 때 나무에 매달려 있던 열매 하나가 툭 떨어졌다. 나는 얼른 손을 뻗어 열매를 받아냈다. 붉은색을 띠고 있지만 본 적 없는 열매였다. 한 번도 경험해보지 못한 일들을 접해도 의문이 들지 않았다.

'누군가에게는 간절한 것이 누군가에게는 중요하지 않을 수도 있지. 근데 그건 착각일지도 몰라.'

세라가 이어 말했고 나는 들고 있던 열매를 멀리 던져버렸다.

같은 나이인데도 세라는 한참 위의 누나처럼 느껴질 때가 있었다. 세라의 말에는 내가 미처 파악하지 못한 어떤 뜻이 담겨 있는 것 같아 여러 번 그 의미를 곱씹었지만, 끝내 이해하지 못한 말들이 계속 쌓여갔다.

'나는 가진 게 많아. 가족이랑 친구 그리고 꿈. 내가 쓰던 가구랑 책, 어렸을 때부터 간직해온 인형……'

처음이었다. 세라가 스스로 제 이야기를 꺼낸 것은. 세라와 있으면 언제나 말을 하는 쪽은 나였고 세라는 주로 내 얘기를 듣기만 했다. 나도 그리 말이 많은 편은 아닌 게 분명한데 세라 앞에서는 달랐다. 깨끗하게 지워졌던 기억이 하나씩 고개를 들 때마다 세라에게 털어놓지 않을 수가 없었다. 내 말에 주의를 기울이고 있는 세라와 마주하면, 잔뜩 시들어 있다가 되살아난 꽃처럼 나는 쉬지 않고 떠들었다.

하지만 세라는 제 얘기를 아꼈다. 지나온 세라의 시간이 궁금하지 않은 건 아니었지만 물을 수가 없었다.

과거를 회상하는지 세라는 잠시 말을 끊었다. 어디를 보고 있는 걸까, 세라의 눈길이 머무는 곳을 따라가보았으나 그 마음은 너무 멀어 보이지 않는 곳에 닿아 있는 것 같았다.

'모든 게 소중했어. 아주 작은 것까지.'

세라가 조용히 말했다.

세라에게 특별한 것이 무언지 상상해보았다. 작고 귀한 것들에 대해서. 내가 가진 것들도 떠올렸다. 늘 곁에 있어 당연하게 여긴 것과 당연해서 무심했던 많은 일을 생각했다. 정말 간절한 게 하나라도 있는지, 절대 잃고 싶지 않은 소중한 것이 존재하기는 했는지도. 나 자신에게 몰입할수록 나는 더욱 미궁에 빠져버렸고 세라에게 해줄 적당한 말도 찾을 수가 없었다.

세라가 바닥으로 뛰어 내려와 앞에 섰고 나는 시선을 돌렸다. 바지 주머니에 찔러 넣은 손을 더 깊숙이 넣었다.

'네 잘못이 아니야.'

세라의 말에 고개를 들었다. 세라의 깊은 눈이 나를 정면으로 응시하고 있었다. 방금 들은 말을 속으로 되뇌어보았다. 네 잘못이 아니야, 내 잘못이 아니야. 가슴 한편이 저려와 나는 세라가 눈치채지 않게 가만히 숨을 가다듬었다. 그래도 세라의 말은 계속 울렸다. 머리에서, 심장에서.

'어떤 이유가 되었든 네가 지금 여기에 있는 건.'

소리는 작지만 떨림은 컸고 쉽게 잦아들지 않았다. 그리고 나도 세라에게 똑같이 얘기해주고 싶었다. 네 삶을 모르지만 나는 알고 있다고. 넌 잘못한 게 없다는 걸.

내 마음이 전해지기라도 한 걸까. 세라는 평소처럼 싱긋 웃고는 자리를 떴다. 멀어지는 세라를 눈으로 따라갔다. 세라가 사람들 사이에 섞였다. 내가 세라를 만나서 안정되었던 것처럼 다른 사람들도 그럴 것이다. 세라는 언제나 사람들에게 친절했다. 하지만 어딘가 달랐다. 이전에는 미처 들여다보지 못한 세라의 감정이 전해졌다.

'완전한 죽음에 이르러서야 우리는 편안해질 수 있어. 여기에 오래 머물수록 지난 삶에 대한 미련만 커지지.'

완전한 죽음으로 떠나며 누군가 남겼던 말이 생각났다. 그러고 보니 세라에 대해서 크게 걱정한 적이 없었다. 어쩌다 이곳에 왔는지 물을 수 없었고 줄곧 머무는 것도 세라의 선택이라고만 여겼는데, 그게 얼마나 잘못된 일인지를 뒤늦게 깨달았다.

여기는 스쳐 가는 곳이지 영원히 머무는 곳이 아니었다. 누구나 떠나야 하는 곳이고 예외는 없었다. 대부분의 사람들이 이곳에 온 지 얼마 지나지 않아 완전한 죽음으로 발길을 돌리는데도 세라는 오랫동안 남아 있었다. 되돌아갈 수 없는데 떠나지도 못하고 제자리만 맴돌았다.

내 시선은 세라만 좇았다. 겉으로는 아무렇지 않은 듯이 행동하지만 세라가 원하는 건 따로 있었다. 소식을 듣고 싶어 하는 것이다. 남아 있는 세상의, 남은 사람들에 대한. 세라의 진짜 속뜻을 이제야 알아차렸다. 씩씩한 척해도 세라 또한 길지 않았던 삶에 대한 그리움이 너무나 크다는 걸.

세라와 나눈 말들이 새록새록 떠올랐다. 작은 것도 소중하다던 속내가 비로소 와닿았다. 어느 쪽으로 가는 게 나를 위한 일인지 갈등하면서도, 세라가 머물지 말아야 할 세계에 멈추어 있다는 걸 눈치채지 못했다. 나는 죽음에 다가서도 내 입장만 내세우는 사람이 되어버렸다.

눈앞이 뿌예져 하늘을 올려다보았다. 거기 어딘가에 완전한 죽음에 이르는 길이 있는 것처럼. 세라가 나라면 어떤 현실이 닥친 다고 해도 망설이지 않고 돌아가는 쪽을 택할 것이다. 세라가 가 장 두려워하는 건 현실과 멀어지는 일일 테니까.

어느덧 사람들과 함께 세라도 사라졌다. 혼자가 되자 나는 길 잃은 아이처럼 한자리에서 우왕좌왕했다. 내 삶과 죽음에 세라가 깊숙이 들어왔다.

불안함이 커지면서 그 틈을 과거의 기억이 파고들었다. 은찬의 집에서 있었던 일들이 눈앞에 나타났다. 이제 곧 내가 가장 피하 고 싶은 순간과 맞닥뜨리게 될 거라는 예감도 다가왔다.

게임이나 하자던 의견을 실행에 옮기며 활기를 띠던 친구들의 얼굴이 하나하나 드러났다.

'룰은 방 탈출 게임과 비슷해. 탈출할 곳이 지하실뿐이지만 그 대신에 한 사람씩 들어간다는 거.'

도우의 말에 나는 아이들 얼굴을 빠르게 살폈다. 누구 하나 반 대하지 않았다. 다들 흥미진진한 얼굴이 되어 순서를 정하자고 했 다. 싫다고 하기에 적절한 분위기가 아니었다.

게임일 뿐이야, 생각하면서도 속이 답답해지는 건 어쩔 수가 없었다. 만나기로 한 약속을 연달아 어긴 아빠, 중요한 프로젝트 가 있다며 며칠째 집을 비운 엄마, 다가오는 시험, 친구들의 장 난. 여러 일들이 한꺼번에 달려들었다.

공중에 떠 있는 내가 반복적으로 아른거렸다. 비를 머금은 바 람이 온몸을 휘감았다.

110

'나는…… 어디로 가야 할까.'

혼잣말을 하며 스르르 주저앉았다. 대답해줄 수 있는 사람은 아무도 없고 결정은 오로지 내 몫이었다.

바닥으로 떨어지기 직전의 순간을 돌아보며 내 삶을 떠올렸다. 아주 오래전 과거부터 기억나지 않는 시간까지의 일들을. 죽음에 다가서기 전 마지막으로 마주한 눈부신 밤의 모습까지.

11

창가에서 나는 새소리에 정신을 차리고 보니 주변이 달라져 있었다. 열린 커튼 사이로 스며든 햇살이 방 안 깊숙이 들어찼다. 이른 시간인데도 떠오른 해가 하루의 시작을 재촉하고 있었다. 마른 손으로 얼굴을 쓸어내렸다.

엄마가 나가는 소리에 잠에서 깨어 내리 침대에 앉아 있었다. 짙은 어둠에서 서서히 새벽이 밝아오고 어느새 화창한 아침이 되었는데도 깨닫지 못했다. 꿈에서 보았던 얼굴이 세라였는지, 아라였는지 분명하지 않았다. 어젯밤의 꿈은 정말 꿈이었는지도. 모든 일이 꿈이고 모든 일이 현실이었다.

해외 출장이 있어 며칠간 집을 비우게 됐다면서 엄마는 어젯밤에 내가 해야 할 일의 목록을 정리해서 휴대전화로 전송해주었다. 최근 들어 수차례 상담에 빠진 걸 알고는 상담 약속을 엄수할 것과 새로 다닐 학원의 수업 커리큘럼을 검토해보라는 내용이 숙제처럼 들어 있었다. 엄마가 할 수 있는 나에 대한 최대한의 배려이자 관심이라는 걸 알지만, 나는 글자들을 채 읽기도 전에 화면을 닫아버렸다.

그리움이라는 단어가 절실하게 다가왔다. 그리움의 대상이 뚜렷하지 않아도 전부가 그립다고 말할 수 있을 것 같았다.

자리에서 일어나 커튼을 활짝 열어젖혔다. 방 안으로 햇빛이 한꺼번에 쏟아졌다. 출근이 늦었는지 정장 차림의 남자가 골목을 뛰어가고 있었다. 교복을 입은 아이는 휴대전화를 들여다보며 느린 걸음으로 지나갔다. 모두의 아침이고 시간은 누구에게나 똑같이 흐르고 있었다.

방에서 나와 주방으로 갔다. 찬물을 들이켜 속을 가라앉혔다. 내 마음의 일부를 나눈 사람들을 볼 수 없다는 생각을 하자 아라의 심정이 고스란히 느껴졌다.

이 시간에도 세상 어딘가에서는 여느 날과 다름없는 하루를 채우는 이들이 있는가 하면, 어제와는 완전히 다른 삶을 살아야 하는 이도 있을 것이다. 오늘의 삶과 내일의 시간을 미리 알 수 없다는 당연한 사실이 새삼스레 다가왔다.

식탁 위에 빈 컵을 내려놓고 한참이나 움직이지 않았다. 또 한번 시간이 멈춘 듯이.

오후 무렵이 되어서야 집을 나섰다. 평소보다 머리와 옷차림에 신경을 쓰고 거울 앞에 서서 매무새를 가다듬었다. 억지로 웃었더니 거울 안의 내가 어색하게 따라 했다. 웃음을 멈추자 나는 부쩍 어두워 보였다. 내가 그동안 어떤 표정을 짓고 다녔는지 문득 궁금했다. 하루의 시작 앞에서, 사람들을 대할 때나 혼자 있을 때. 적어도 지금 거울 속에 비친 얼굴은 아니었기를 바랐다. 집을 나서기 전에 한 번 더 거울을 보며 나에게 웃어주었다. 조금 전보다는 그나마 나아 보였다.

교문을 들어서자 눈에 들어온 학교 전경은 예전과 변함이 없는 듯했다. 중학교를 다시 찾아온 건 졸업 이후 처음이었다. 운동장에서 뛰고, 소리치고, 넘어지던 일들이 까마득히 멀게 느껴졌다. 같은 고등학교로 간 친구들도 있지만 흩어진 경우도 많았다. 온라인상에서는 소식을 알 수 있다 해도 예전처럼 지내지는 못했다. 다들 각자의 세계를 만들어가기 바빴다.

운동장을 가로질러 건물 뒤편으로 향했다. 소운동장에 설치된 농구대 앞에서 아이들이 시합을 벌이고 있었다. 가방은 한쪽에 던져놓은 채로 어떤 아이는 교복 셔츠의 단추를 풀어 헤치고 있고 어떤 아이는 체육복 차림이었다. 스탠드에 앉아서 나는 후배들의 경기를 지켜보았다.

한 아이가 중거리 슛을 시도했으나 공은 골대에 미치지 못하고 바닥으로 떨어졌다. 공을 던진 아이가 중심을 잃고 뒤로 넘어진 사이, 상대 팀이 공을 낚아챘다. 같은 팀 중 한 명이 손을 내밀어 넘어진 친구를 일으켜 세웠다. 둘은 재빠르게 수비로 전환해서 맞은편 골대로 뛰었다.

"율아!"

소리가 나는 쪽을 보자 멀리서 체구가 큰 남자가 달려오고 있었다. 눈을 가늘게 뜨고 유심히 보다가 자리에서 벌떡 일어섰다.

"나영세 선생님?"

선생님이 계단을 올라와서 나를 와락 끌어안는데 온몸이 푹신한 쿠션에 안기는 기분이었다. 가쁘게 숨을 쉴 때마다 선생님의 배가 오르내렸다. 한눈에 알아보지 못한 건, 내가 중학교 1학년이었을 때 선생님의 모습과는 많이 다르기 때문이었다. 보통 체격에 날렵한 얼굴형이던 외모의 흔적은 찾을 수 없을 만큼 선생님의 몸집은 불어 있었다.

"이게 얼마 만이니? 키가 많이 컸구나."

선생님은 나를 안고 있던 팔을 내려놓고 머리부터 발끝까지 훑어보았다. 선생님의 곱슬곱슬한 머리카락은 예전 그대로였는데 길게 자란 머리카락 사이로 땀줄기가 흘러내렸다.

"갑자기 연락해서 놀라셨죠?"

"반가웠지."

선생님은 자리에 앉으며 나에게도 앉으라고 손짓을 했다. 두툼한 선생님의 손을 따라 내 눈동자가 움직였다. 목소리나 따뜻한 온기는 익숙한 데 비해 변해버린 겉모습에서는 시간의 흐름이 느껴졌다. 땀을 닦을 만한 걸 건네고 싶어 주머니를 뒤적였지만 주머니는 비어 있었다. 선생님은 손으로 이마를 훔치고 나서 손을 옷에 문질러 닦았다.

"내가 많이 변했지?"

선생님이 멋쩍어하며 물었다.

"조금요."

"고맙다. 조금이라고 해줘서."

살짝 웃고 나서는 잠시 어색한 침묵이 흘렀다.

용기를 내어 연락했을 때 선생님은 이미 내 소식을 알고 있었다. SNS에 퍼진 소문을 접했을 수도 있고 중학교 동창들을 통해 들었을 수도 있었다. 몇 년 만에 연락이 닿은 셈치고 선생님은 무척 자연스럽게 나를 대했다. 자세한 얘기는 만나서 하자, 라고 할 때의 어투는 왜 이제 연락을 했는지 나를 약간 질책하는 느낌마저 들었다.

"샘!"

농구를 하던 아이 하나가 부르자 선생님은 양팔을 크게 흔들며 답해주었다. 아이는 두 팔을 머리 위로 올려 하트를 만들어 보이더니 곧 친구들과의 시합에 열중했다.

"귀여운 녀석."

선생님의 눈길이 잔잔했다. 외모는 변했더라도 아이들을 향한 애틋함은 여전하다는 걸 알 수 있었다.

잠깐 친구들의 안부로 가벼운 이야기를 나누었다. 몇몇 선생님들이 전근을 가고 또 다른 선생님들이 새로 오면서 알게 모르게 달라진 학교 소식도 전해 들었다.

오후의 해가 넘어가면서 선선한 바람이 불어왔다. 선생님의 이마에도 더는 땀이 흐르지 않았다. 대화가 끊기자 선생님이 나를 빤히 바라보았는데 내 얘기를 듣고 싶어 하는 눈치였다.

나는 사고 당시의 정황을 선생님에게 들려주었다.

"공사장에 안전장치도 안 되어 있었다는 거야?"

선생님의 되물음에 공사장에 둘러친 펜스가 눈앞에 나타났다. 밤의 불빛들이 어룽어룽 빛을 내고 있었다. 자전거에서 나오는 조명이 내 앞을 비추었고 가는 길마다 여기저기 제 색을 드러내는 꽃이 따라왔다.

"어쨌든 관리를 제대로 못 한 탓이야. 어른들 잘못이지."

선생님은 당장 항의라도 할 태세였다.

"그런데 이상해요."

선생님을 만나고 나서부터 어딘가 서늘해지는 느낌이었다. 아픈 것도 같고 시린 것도 같은.

"쓸쓸하다는…… 생각을 했어요. 달리는 동안."

나는 주저하며 입을 열었다.

"사람은 누구나 쓸쓸하지."

분위기를 가라앉지 않게 하려는 듯 선생님은 가벼운 투로 말했다.

"두렵기도 했고요."

"나는 매 순간이 두렵다. 교감 선생님한테 불려갈 때면 특히 그래."

나도 모르게 웃음이 나왔다.

각자의 세계를 살아가는 동안, 선생님에게도 내가 알지 못하는 일들이 있었을 것이다. 기쁠 때도 있었겠지만 견디기 버거운 일도 있었을지 모른다. 그 일들을 선생님은 혼자 감당할 수 있었을까. 어른이 되면 그럴 힘이 생기는 건가.

오랜만에 만난 선생님에게 힘을 실어주고 싶었다. 교사와 학생의 입장을 바꾸어 역할 놀이 하듯이 나는 슬며시 선생님의 어깨를 감쌌다. 선생님도 어깨에 올라온 내 손을 두드렸다. 맞닿은 손길이 따뜻했다. 선생님이 이 자리에 있어 다행이었다. 겉모습이 변하는 것쯤은 아무것도 아닌 거였다. 살아내고 있었기 때문에 우리는 다시 만날 수 있었다.

"선생님."

부르고 나자 여러 가지 감정이 차올랐다. 목소리가 갈라질 것 같아서 다음 말을 꺼낼 수가 없었다. 내 속을 알아차렸는지 선생님이 먼저 물었다.

"선생님들한테 얘기해본 적은 있니?"

나는 고개를 저었다.

"선생님 같은 분이 안 계셨어요."

"부모님은?"

"일주일 넘게 엄마 얼굴을 못 본 적도 있는 걸요. 아빠는 어차피 멀리 계시니까요."

선생님이 대강의 집안 사정을 알고 있어서 말을 꺼내는 게 어렵지는 않았다. 겨우 진정하고 나서 차분한 어조로 말을 이어갔

118

는데 나를 보는 선생님의 눈길에는 안쓰러움이 가득 찼다.

"그런데 정말 힘든 건 엄마와 마주치는 날이에요. 엄마는 밀린 결재 서류를 처리하듯이 제 일을 점검해요. 그러면 저는 잔뜩 주눅이 들어서 엄마의 얼굴만 살펴요. 실수를 하거나 성에 안 차면 엄마의 미간이 살짝 움직이는데⋯⋯"

나는 인상을 쓰며 엄마 흉내를 냈다.

"그다음은 엄마 기분에 따라 달라요. 운이 좋으면 학원 스케줄이 늘어나는 정도고, 운이 나쁘면⋯⋯"

'세상 쓸모없는 인간이 될 셈이야? 능력 있는 사람들이 얼마나 많고 경쟁이 얼마나 치열한지 여태 모르겠니?'

엄마의 다그침이 생각나자 가슴이 죄어왔다. 혼자 있는 날에는 밤이 무서워 잠들지 못했고 엄마가 있는 날에는 부담감에 짓눌려 숨을 쉬기 힘들었다.

"친구들도 있잖아?"

선생님은 어떻게든 좋은 쪽으로 방향을 바꾸려고 했으나 내 어깨는 점점 내려갔다.

"겉으로는 친했는데 그게 진짜였는지 모르겠어요."

"중학교 때도 다들 널 좋아했어. 친구도 많았고."

"제가요?"

선생님 말이 뜻밖이라 나는 놀라 되물었다.

"그럼. 수업이 끝날 때면 교실 앞에 다른 반 녀석들이 줄줄이 서 있었지. 너랑 같이 가려고 말이야. 종례 좀 빨리 끝내달라고 성화를 부리고는 했었는데."

선생님 만면에 웃음이 번졌다.

"맞아요. 선생님은 종례를 길게 하는 걸로 유명했어요."

"넌 우리 반뿐만 아니라 다른 반 애들하고도 잘 어울렸어."

"초등학교 때 친구들도 있고 친구의 친구랑 또 친해지고 그랬
거든요."

막상 떠올리자 잊고 있던 과거가 되살아났다.

"거봐라. 애들이 널 얼마나 좋아했는데."

마침 농구를 하던 아이들 사이에서 환호성이 터져 나왔다. 아
까 공을 넣으려다가 넘어진 아이가 드디어 중거리 슛을 성공시킨
것이다. 선생님이 손가락으로 휘파람을 불어 응원을 보냈다.

사고를 둘러싼 일을 제외하고는 거의 기억이 난 줄 알았는데
의외로 내 머리는 많은 일을 지우고 있었다. 기억의 주체는 분명
나일 텐데 내 해마는 안 좋은 일을 저장하는 쪽으로만 발달이 되
어 있는 모양이었다.

농구를 하고 있는 아이들은 어느덧 나와 친구들로 바뀌었다.

'서율, 파이팅!'

땀범벅이 되어 있는 내가 뒤를 돌아보았다. 나영세 선생님이
내 이름을 외치면서 주먹을 쥐어 보였다. 나도 팔을 휘저으며 응
답했다. 옷이 다 젖을 정도로 땀이 흘러도 힘들기는커녕 몸이 가
벼웠다. 그때의 우리는 즐거웠다. 나도, 친구들도. 내가 던진 공이
골대 안으로 들어가고 친구들과 하이파이브를 나누고 땀을 닦고

웃으며 뛰었던 시간들. 언제부터인가 나를 웃게 만들었던 추억들이 멀어졌다. 친구들과 몸을 부대끼며 에너지를 쏟아내던 일들이 점점이 흩어졌다.

친구가 늘 곁에 있을 거라고 믿은 건 오산이었다. 균열이 생긴 관계는 아무리 메우려고 해도 티가 나기 마련이고 그건 학년이 올라갈수록 심해졌다.

2학년 개학 첫날, 교실에 들어서기 전부터 나는 잔뜩 긴장하고 있었다. 1학년 때 같이 다니던 친구들이 다른 반으로 배정되어 나만 섬처럼 떨어지게 되었다. 은찬을 만나 다행이라고 안심한 것도 잠깐이었다. 친구들의 장난에 조금이라도 싫은 내색을 하면 과민 반응을 보인다면서 오히려 나를 이상한 애 취급해서 제대로 표현하지도 못했다.

휴대전화의 사진도 가벼운 장난에서 비롯된 일일 것이다. 재미로 벌인 일에 누군가 상처를 입거나 피해를 보는 건 중요하지 않게 여겼을 수도 있다. 당장 흥미로운 일이 필요했고, 지루한 나날에 새로운 관심거리를 원했으니까.

휴대전화를 잃어버린 걸 알게 된 건 학원 수업이 끝나고 집에 갈 즈음이었다. 곰곰이 되짚어보니 학교에서 나올 때부터 전화기를 본 기억이 없었지만, 책상 서랍이나 사물함에 두고 왔겠거니 생각했다. 잠금 설정을 해두지 않은 게 내심 걸렸는데 딱히 중요한 내용도 없어 크게 개의치 않았다. 어차피 오래된 기계라 이참에 새로 바꾸고도 싶었다. 학교에 가기 전까지는 대수롭지 않게 넘겼다.

　다음 날 복도에서부터 감지되던 불길한 기운은 교실에 들어서
자 일제히 나를 향해 달려들었다. 아이들의 수군거림과 날선 눈
빛에 의아해하면서도 자리에 앉아 우선 서랍 안을 더듬었다. 예
상대로 휴대전화는 서랍에 잘 놓여 있었다. 다행이다 싶어 전화
기를 꺼내는데 누군가 다가와 휴대전화를 가로챘다. 느닷없는 상
황에 놀라 돌아보자 송유미가 서 있었다. 얼굴이 달아오르고 말
도 제대로 잇지 못할 정도로 화가 난 송유미가. 인간 이하를 바라
보는 듯한 아이들의 표정도 하나씩 눈에 들어왔다.

　'이건 범죄야.'

　'전 아니라고요!'

　담임선생님은 일이 커질까 봐 전전긍긍했다. 다른 선생님들도,
친구들도 내 말을 귀담아들으려는 사람은 없었다.

　교장실에서 나온 엄마는 내게 아무것도 묻지 않았다. 휴대전화
를 왜 잃어버렸는지 추궁하는 얼굴이었다. 잠시 앞에 서 있던 엄
마가 등을 돌려 가버렸고, 나는 마지막으로 잡고 있던 줄을 놓쳐
버린 심정이었다. 엄마가 사라진 복도의 정경만 사진처럼 내게
남았다.

　엄마가 학교에 다녀간 후에도 상황은 나아지지 않았다. 엄마는
이번 일에 대한 철저한 규명을 학교 측에 요구했는데, 아이들은
더 황당해했다. 그날 내가 학원과 집에 있던 시간에도 휴대전화
의 위치가 학교에 있었다는 엄마의 주장에 따라 전화기를 잃어버

렸던 걸로 결론지어졌지만, 진짜 범인을 찾은 게 아니라서 아이들의 태도는 그대로였다.

'알아, 안다니까.'

내 해명에 은찬이나 도우는 건성으로 대답했다.

오해를 완전히 풀지 못한 상태에서 친구들과는 전처럼 지냈다. 하지만 장난은 갈수록 심해졌다. 친구들의 장난이 나에게는 장난이 아닌데도 싫은 티를 낼 수 없었던 건, 잘못하다가는 졸업 때까지 낙인찍힌 채 혼자가 될 수도 있었기 때문이다.

선생님 곁에서 나는 지난 일을 되새김질했다. 계속된 침묵에도 선생님은 가만히 앉아 있을 뿐 아무것도 채근하지 않았다. 내게 일어나는 표정 변화나 숨소리에도 촉각을 곤두세우는 듯 선생님은 나를 주시하며 자리를 지켰다.

얼마나 지난 뒤일까. 내가 작게 웃음을 보이자 선생님은 그제야 내 등을 다독였다. 말하지 않아도 다 알고 있는 것처럼.

"고생했다."

선생님의 한마디에 왈칵 감정이 솟구쳤다. 눈두덩이 뜨거워 반대편으로 얼굴을 돌리고 괜히 헛기침을 했다.

지워진 기억을 찾으려고 애쓰는 것, 힘든 시간을 지나온 것 모두에 해주는 위로의 말 같았다. 선생님은 내가 견뎌내고 있는 것 자체를 중요하게 여기는 듯했다.

"널 믿는 사람들이 반드시 있어. 네가 몰라서 그렇지."

선생님의 말에는 확신이 담겨 있었다.

"어떤 상황이 되든 네가 포기할 이유는 없다."

포기와 이유. 두 단어를 거듭 되뇌다 보니 나중에는 하나로 받아들여졌다.

농구를 마친 아이들이 돌아가고 운동장 가득 노을이 내려올 무렵 선생님과 인사를 나누었다.

"기다리고 있으마."

선생님의 마지막 말을 헤아릴 수 있었다. 그건 내가 다시 찾아와도 선생님은 같은 자리에 있을 거라는 뜻이면서, 다른 한편으로 나 스스로 원래의 자리로 돌아가기를 기다린다는 의미도 포함되어 있을 것이다.

헤어질 때는 내가 다가가 선생님을 안았는데 선생님의 배가 먼저 닿아 나는 그만 큭 웃고 말았다.

12

나영세 선생님을 만나고 난 뒤로 한동안 중학교 시절의 추억에 젖어들었다. 누구도 자신의 모든 과거를 떠올릴 수는 없겠지만, 상상 이상으로 나는 많은 경험을 지워나갔다는 걸 깨달았다. 슬픔이나 아픔에만 머물러 좋은 추억이 소멸되어가는 것도 느끼지 못하고 있었다.

선생님의 얘기를 듣고 나니 예전 친구들이 새롭게 떠올랐다. 공부를 잘하거나 못하는 아이도 있었고 운동을 좋아하거나 그림을 잘 그리는 친구도 있었다. 수업이 끝나면 우리는 바쁜 시간을 쪼개 농구나 축구를 했고 몇몇은 젖은 옷을 입은 채로 학원으로 달려갔다. 학년이 올라가고 반이 갈라져도 수시로 뭉쳤고 언제 어디에서 만나도 어색하지 않았다.

보물을 발견한 것처럼 잊고 있던 시간들이 펼쳐졌다. 내가 겪었지만 내 머리에서는 삭제되었던, 한때는 소중했던 순간들. 과거 어느 날의 나를 다른 사람이 알고 있다는 게 신기하기도, 고맙기도 했다.

이제 우리는 농구나 축구를 해도 예전처럼 신이 나지 않았다. 가급적 체력을 아꼈고 쉬는 시간에는 휴대전화로 게임을 하거나 영상을 보는, 편하고 에너지가 적게 드는 일을 선택했다. 친했던 친구들과 복도에서 마주치면 인사는 나누어도 다른 반의 종례가 끝나기를 기다리지도 않았다. 그런 일들이 자연스럽게 이루어졌다.

도움이 필요한 친구를 일부러 못 본 척 지나갔고 나랑 상관없는 일에는 관심을 두지 않았다. 강한 사람 앞에서는 몸을 움츠렸다. 덩치가 커서, 공부를 잘해서, 돈이 많아서. 저항보다 동조하는 편이 수월했다. 강한 편에 서는 게 나를 지키는 방법인 줄 알았다. 결코 즐겁지 않은 일이라는 걸 알면서도.

현재의 나를 있게 한 건 지난날들과 그 안에 섞여 있던 사람들일 텐데 나는 너무 안이하게 소중한 것들을 묻어버렸다. 그리고 지금은 불안함을 끌어안은 채 금방이라도 깨질 것 같은 위태로운 시간의 한가운데에 놓여 있었다. 어둠에 싸여 바로 앞도 보이지 않지만, 분명한 건 또 한 발을 내디뎌야 한다는 것이다. 제자리에 멈춰 있을수록 금은 깊고 넓어질 게 틀림없으므로.

"여전히 좋은 선생님이네."

선생님을 만나고 온 얘기를 하자 아라가 말했다.

아라는 매번 내가 기억을 되새기도록 도움을 주었다. 수첩에는 항상 나에 관한 일들을 빠짐없이 적어나갔는데, 어쩐 일인지 선생님 애기를 하는 동안에는 듣기만 할 뿐 수첩도 꺼내지 않았다. 졸업 후에도 꼭 찾아오겠다는 선생님과의 약속을 잊고 있었다는 말에 선생님이라면 아이들 입장도 헤아리고 있을 거라고, 이제라도 와준 걸 고마워할 거라며 대꾸를 했는데 정말이지 평소와 너무도 달랐다.

벤치에 앉은 아라는 아까부터 가방에 매달린 인형만 만지작거렸다. 다른 때보다 말수도 적은 데다 목소리에 기운도 없었다. 세라에 대한 애기는 아직 꺼내지도 않았는데 내가 무슨 말을 할지 알고 있는 것처럼 시무룩했다. 오래 머물러서는 안 되는 곳에 세라가 남아 있다는 것을, 더 먼 곳으로 떠나야 한다는 사실을 아라에게 어떻게 전해야 할지 걱정이 앞섰다. 돌이킬 수 없는 일은 많고 돌이킬 수 없어서 안타깝다는 걸 아라도 알고 있을 테니까.

일상이 무너지는 걸 나 역시 겪어보지 못한 건 아니었다. 주변 사람들과의 관계나 환경이 변하면서 어쩔 수 없이 낯선 여건에 직면하게 된 적은 얼마든지 있었다. 큰엄마를 영원히 볼 수 없게 되었던 때와 엄마 아빠의 선택 앞에서도 그랬다. 다만 아무렇지 않게 해오던 지극히 평범한 일이 어느 날부터 힘겹게 바뀌는 상황은 생각해본 적이 없었다. 가령 숨을 들이마시고 내쉬는 보통의 일이 절박한 바람이 될 수도 있는 것에 대해서.

하늘이 붉게 물들어갔다. 하나둘 켜지는 조명이 주변을 밝혔다. 또 하루가 지나가고 있었다. 흐르는 시간만큼 어떤 것은 사그라지고 어떤 것은 시작되었다. 사라진 것들은 어디로 가는 걸까.

아라와 나는 나란히 앉아 하늘빛이 변해가는 광경만 바라보았다. 목줄을 한 강아지를 데리고 산책하는 사람이 우리 앞을 지나갔다.

"혹시 말이야."

아라는 입을 떼고 나서도 인형만 잡았다 놓으면서 말을 꺼내지 못했다.

"내 말 오해하지 말고 들어."

"무슨 얘길 하려고?"

뭔지 몰라도 아라의 태도에서 썩 좋은 얘기가 아니라는 걸 직감할 수 있었다.

"다시…… 갈 수는 없을까?"

아라의 말이 곧장 와닿지 않아 나는 멀거니 아라를 바라보았다.

"한 번 갔으면 두 번도 갈 수 있는 거 아냐? 돌아올 때는 똑같은 방법으로 오면 되잖아."

그제야 아라의 말이 이해가 갔다.

"죽은 사람들이 모이는 거길, 나더러 또 가라는 거야?"

흥분해서 말도 잘 나오지 않았다.

"네가 있던 데가 완전한 죽음은 아니라며."

"어떻게 돌아왔는지도 모른다니까."

"가서 그걸 확인하자고."

아라는 간절한 표정으로 말을 이어갔다.

"죽을 고비를 한 번 더 넘기는 건데, 그러니까 진짜 죽는 건 아니고."

"지금 무슨 소리를 하는 거야?"

아라가 애원하듯이 내 팔을 잡았다.

"나 혼자서라도 해볼게. 어떻게 하면 갈 수 있을까? 죽지만 않으면 돌아올 수 있을 거 아냐."

아라의 팔을 거칠게 밀어내고 일어섰다. 성큼성큼 혼자 가다가 한숨을 내쉬고 되돌아왔다.

"그건 누구도 못 해. 나는 아직도 이 일이 실감이 안 난다고. 꿈인지 아닌지, 기기가 어딘지 정말 모르겠어."

"아니. 넌 못 믿어도 이제는 내가 믿어."

아라는 확고했다. 아라를 설득할 방법을 찾기가 어려웠다.

"가서 어떻게 제자리로 돌아올 수 있었는지 알아내자. 그럼 사고도 기억이 날 거고……"

"야, 황아라."

나는 한껏 목소리를 내리깔았다. 아라가 진짜 하고 싶은 얘기가 뭔지 알고 있었다. 위험을 무릅쓰더라도 죽음에 가까이 가려는 목적은 하나였다.

"거길 또 갈 수는 없어. 간다 해도 세라를 만날 수도 없고."

"왜? 거기 있다며."

세라도 완전한 죽음으로 가야만 한다는 말을 선뜻 꺼내놓을 수가 없었다. 그건 아라를 또 한 번 좌절하게 만드는 일이었다.

"거기는 잠시 머무는 곳이야. 누구든 예외는 없어. 세라도 마찬가지라고."

나는 에둘러댔다.

"완전한 죽음으로 가면 다 잊게 되잖아."

세라가 완전한 죽음에 이르는 걸 아라는 받아들이기 싫을 것이다. 지나온 삶을 잊고 진짜 죽음으로 넘어가는 걸 믿고 싶지 않을 것이다. 하지만 완전한 죽음으로 가지 않는 게 어떤 의미인지 아라는 모른다. 세라가 떠나지 않고 머물렀던 이유도.

이른 죽음 앞에서 세라는 방황하고 있었다. 마저 살지 못한 삶과 이루지 못한 꿈, 볼 수 없는 얼굴들에 대한 그리움으로 같은 자리를 맴돌았다. 이전 생에 대한 미련을 가질수록 힘들어진다는 걸 알면서도 세라는 머뭇거렸다. 세라가 힘들어하는 만큼 아라도 앞으로 나아가지 못하고 있었다.

"언니가 없는 모든 자리에 언니가 있어. 아직도 현관문을 열고 언니가 내 이름을 부르면서 들어와. 말투도, 표정도 그대로야."

나를 올려다보는 아라의 눈가에 물이 고였다. 한 번만 깜빡이면 이파리에 맺힌 이슬 같은 눈물이 굴러떨어질 듯했다.

"언니랑 함께했던 일들을 아무것도 할 수가 없어. 우리가 자주 갔던 분식집, 극장, 게임방. 언니가 떠나고 나서는 간 적이 없어. 그 앞을 지날 때면 일부러 외면해. 언니의 빈자리가 너무 잘 보여서."

아라의 목소리가 가늘게 떨렸다. 항상 밝은 얼굴을 하고 있어서 조금씩 나아지는 줄 알았다. 언뜻 그늘이 엿보이기는 해도 잘 견뎌내는 줄로만 알았는데 그렇지 않았다. 다른 것들로 채워지기에 1년은 턱없이 부족했다. 무엇도 세라의 빈자리를 대신할 수 없었다.

"우리는 아무렇지 않게 살아. 엄마 아빠도. 밥도 먹고 직장으로, 학교로 가서 각자 할 일을 해. 텔레비전을 보면서 웃을 때도 있어. 그러다가 문득 엄마 아빠 얼굴을 보면 알 수 있어. 나랑 같은 생각을 한다는 걸."

울음을 참는지 아라가 입술을 깨물었다. 누구에게나 일어날 수 있는 일이지만 누구나 겪는 일은 아니기에 위로는 너 힘들었다.

"경계에 머무는 건 세라를 위하는 게 아니야. 잊히지 않는 일들이 세라를 힘들게 한다고. 너도 그걸 바라는 건 아니잖아."

최대한 침착하게 아라를 달랬다. 세라가 떠나지 못했던 진짜 이유는 꺼낼 수가 없었다. 많이 그리워하고 걱정했다는 걸.

"다른 세계에라도, 언니가 어딘가에 있다고 믿으니까 마음이 덜 아팠어. 우릴 내려다보고 있을지도 모른다고 생각하면 허투루 행동할 수 없었어. 같은 하늘 아래는 아니더라도 어딘가에는……"

아라는 말을 잇지 못하고 가방에 매달린 인형을 손에 꽉 쥐었다. 세라가 사준 인형이었을까, 차마 묻지 못했다. 뭐라도 잡고 싶고 기대고 싶은 절실함. 아라는 언니를 안는 것처럼 가방을 세게 끌어안았다.

더는 아라를 상처받게 하고 싶지 않아 나는 흐리게 떠 있는 달만 올려다보았다.

13

내 사고와 관련된 경우의 수를 따져보았다. 어느 쪽이 진실에 가까운지는 여전히 뚜렷하지 않았고 무엇도 확신할 수가 없었기 때문에 의심은 한쪽으로 가다가 급히 방향을 바꾸고는 했다.

아마도 은찬의 집에서부터였을 것이다. 2층 거실에서 창밖을 내다보는데 만발한 벚꽃 나무가 눈에 들어왔다. 꽃이 예쁘다는 건 알았지만 예쁘다고 느낀 적은 처음이었다. 향기를 맡고 싶었다. 코를 가까이 대고 숨을 크게 들이쉬면 진한 향기가 가슴 깊이 들어올 것 같았다. 그때 나는 무슨 일이 생기고야 말 거라는 걸 예감하고 있었는지도 모른다. 친구들에게는 일상이고 내게는 가장자리로 갈 수밖에 없는 위협이었을 어떤 일.

하지만 곧 다른 가정이 뒤따라왔다.

'그 시간에 혼자 공사장 쪽으로 간 것 자체가 정상이 아니라는

뜻 아니냐?'

도우의 말을 듣고 나서부터 그 안으로 한없이 빠져들었다. 부정할수록 강한 확률로 다가왔다.

내가 스스로 한 선택이었다면. 길의 끝이 어떤지 알면서도 의도적으로 방향을 잡았던 거라면. 엄마 아빠는 모르겠지만, 누구도 알아채지 못했겠지만, 나는 그런 결정이 가능한 마음을 오래전부터 품어왔을 수도 있었다. 계획적인 건 아니더라도, 어쩌면.

어두운 밤, 속도를 내는데 겁이 나지 않았다. 이렇게 달리다가 자칫 사고가 나면 죽을 수도 있을까,라는 상상도 했다. 고통이 따라온다고 해도 죽음 자체가 두렵지는 않았다. 오히려 나는 충분히 아팠다는 생각이 들었다. 그날의 기분이 떠올랐다. 그때의 감정들이 깨어났다.

다 알 수는 없어도 한 가지는 확실했다. 엄마 아빠 사이에서 존재의 의미를 찾지 못하던 오래전부터, 나는 내가 있어야 할 자리를 불안하게 찾아다녔다. 공부에 의지했지만 공부가 전부를 해결해주지는 못했다. 사랑이나 우정이 있어야 할 자리를 공부와 성적이 채워줄 수는 없었다. 그건 대체 가능한 대상이 아니었다. 갈 곳을 잃은 내 발길이 어디로 향했는지 추측할 때마다 가슴이 내려앉았다.

자전거를 끌고 오르막길을 걸었다. 은찬의 집에 가까이 다다라서 시간을 확인했다. 아이들의 진술, CCTV에 찍힌 때와 얼추 맞아떨어졌다.

아라에게 전화를 할까 망설였다. 함께하지는 못해도 계획은 알릴 수 있지만 나는 곧 그러지 않기로 했다. 최근 들어 아라를 보는 일이 미안해졌다. 아라도 계속 고민하고 있을 게 틀림없었다. 뜻하지 않게 세라의 소식을 접하면서 힘들게 묻어두었던 아픔이 하나씩 풀어지고 있었다. 그러다 결국 아라는 세라를 만나러 가고 싶어 했다. 불가능한 일에 작은 희망을 걸고 매달렸다.

처음에는 아라를 만나게 된 걸 다행이라 여겼는데 지금은 반대였다. 마주치지 않았더라면 좋았을 뻔했다. 나는 나대로 내가 겪은 일이 꿈이라고 믿었을 테고, 아라도 나를 만나기 전에 그랬던 것처럼 조금씩 세라를 떠나보내며 살았을 것이다. 모든 일이 내가 나타나면서 꼬여갔다. 이제는 나로 인해 다른 사람들까지 힘들어질 수도 있었다. 더는 누구에게도 의지하고 싶지 않았다.

잠시 숨을 골랐다. 내가 알고 있는 일들을 순서대로 배열했다. 창문 너머 보이는 벚꽃, 아래층에서 들리는 친구들의 웃음소리, 1층으로 내려갔을 때 흐르던 미묘한 공기.

'정답을 적어 폰으로 전송하면 끝. 힌트가 적힌 종이는 총 세 장이야.'

도우가 설명하면서 이해했냐는 듯이 아이들을 둘러보았다.

'콜!'

다들 흥미로운 얼굴이었다.

'서율, 어때?'

내가 별 반응이 없자 도우가 콕 집어 물었고 나도 쿨한 척 대답했다.

　게임의 룰은 간단했다. 한 명씩 지하실로 들어가서 휴대전화로 전송된 문제를 확인하고 답을 보내면 되는 거였다. 문제 출제자는 탈출자를 제외한 나머지고, 정답을 확인한 다음 문을 열어주는 건 집주인인 은찬이 맡았다. 출입문이 두 군데라 지하실 문은 안 팎으로 잠금장치가 되어 있었다. 들어갈 때는 바깥으로 나가 차고 와 연결된 문으로, 나올 때는 주방 쪽 문으로 탈출하면 되었다.

　가장 좋은 건 힌트 없이 문제를 푸는 거지만 쉽게 맞힐 수 있는 문제를 낼 리가 없었다. 잡동사니가 가득한 지하실에서 혼자 힘 으로 힌트가 적힌 종이를 찾아내는 건 간단한 일이 아니었다. 탈 출자가 찬스를 요청하면 힌트의 위치를 알려주는 대신, 힌트 한 회당 최종 탈출 시간에 10분을 더한다.

　'가장 빨리 정답을 맞히고 나온 사람한테는 한 달 동안 원하는 대로 다 해주기.'

　은찬의 제안에 아무도 이의를 달지 않았다. 게임에서 빠질 수 없다면 빨리 문제를 풀고 나오는 게 최선이었다. 적어도 한 달은 아이들의 장난에서 벗어날 기회가 될 수도 있었다.

　크게 숨을 들이마시면서 자전거에 올라탔다. 친구들의 말투와 행동이 눈에 보이는 듯했다. 단순한 게임일 뿐이야, 나는 스스로 에게 최면을 걸었었다. 힌트가 적힌 종이를 최대한 빨리 찾자고, 운이 좋으면 힌트 없이 정답을 보낼 수 있을지 모른다는 데에도 일말의 희망을 걸었다.

자전거의 페달을 힘껏 밟았다. 은찬의 집을 나와 차고에 세워둔 자전거를 타고 달렸던 날, 어둡고 사람도 다니지 않던 시간에 앞만 보며 나아갔을 그때처럼 나는 점점 발을 빨리 굴리며 속도를 냈다.

은찬의 집과 멀어지며 내리막이 이어졌다. 페달을 밟지 않아도 가속도가 붙어 자전거는 빠르게 아래로 내달렸다. 그날은 이 길에서도 멈추지 않고 페달을 굴렸다. 쫓기듯이 다급하게 달렸던 까닭이 떠오를 듯 말 듯 내 뒤를 따라왔다.

자전거가 지나가는 자리에 풀이 흔들렸다. 적막한 밤을 뚫고 나오는 소리에 개가 짖었다. 띄엄띄엄 있는 가로등과 집 안에서 흘러나오는 불빛이 밤의 어둠을 밝혔다. 집이 없는 구간이나 불이 꺼진 곳을 지날 때는 자전거의 조명에 의지해서 달렸다.

첫번째 차례는 은찬이었다. 누구보다 지하실 구조를 잘 알고 있어서 나머지 아이들은 힌트가 적힌 종이를 숨기기 위해 고심했다. 힌트를 얻는 게 관건이라 적당한 장소를 탐색하면서 아이들은 낄낄거렸다. 나도 웃고 있었다. 하지만 그건 진짜가 아니었다. 그날의 불안함이 전해졌다. 답을 금방 알아내지 못할까 봐. 어둠에 갇힌 시간이 길어질까 봐.

—윤병운

—레트리버

은찬에게 두 개의 힌트가 날아갔다. 은찬이 맞혀야 할 문제의 정답은 웹툰 제목이었다. '윤병운'은 우리 반에서 대놓고 따돌림을 당하는 아이였고 '레트리버'는 웹툰에서 결정적인 역할을 하는 '골드'라는 이름을 가진 개의 품종이었다. 왕따인 주인공이 돌아가신 할머니 댁에서 키우던 개를 데리고 온 뒤로 기묘한 일이 펼쳐지는 스토리인데, 아직 연재 중이라 결말은 모르지만 초반에는 주인공이 교실에서 온갖 괴롭힘을 당하는 일이 주된 내용이라고 했다. 인기 웹툰이 아니라 제목을 바로 알기는 어려울 거라면서 은찬이 자기 집 지하실에 갇히게 되는 상황을 아이들은 내심 기대했다. '윤병운'이라는 힌트를 적으면서, 병운이가 교실에서 겪은 일을 말하면서도, 아이들은 시시덕거렸다.

'세 개의 힌트를 받고도 정답을 모르겠으면 특별 찬스를 쓸 수 있지.'

최악의 경우가 되더라도 빠져나올 여지는 있었다. 특별 찬스는 결정적인 힌트를 주되, 최종 탈출 시간에서 20분을 추가하기로 했다. 일등에게 한 달간 마음대로 친구들을 부릴 수 있는 혜택이 주어지는 반면, 마지막 순위는 그 반대였다. 한 달 내내 아이들의 종이 되어 시키는 대로 움직여야 하는 것이다.

내가 두려워했던 건 지하실에 혼자 남겨지는 시간인지, 아이들의 공식적인 종이 되어 한 달 내내 바보처럼 굴게 될 일인지 알 수 없었다. 다만 모든 과정이 공평하기를 바랐다. 정답을 빨리 맞히지는 못해도 적당히 스릴을 즐기고 결국에는 지하의 감옥에서 탈출하기를. 그리고 반드시 내가 마지막 탈출자가 되는 일은 생기지 않기를.

내리막 아래로 갈림길이 나타났다. 마을의 진출입 도로에서 오른쪽으로 핸들을 돌리면 우리 집 방향이고, 직진으로 가면 공사 구간으로 들어간다.

드디어 갈림길 앞. 나는 멈추지 않고 직진으로 자전거를 몰았다. 몇 미터 뒤에 오르막이 이어지며 자전거가 살짝 떴다가 내려왔다. 길은 오를수록 거칠었다. 바퀴에 밟힌 돌멩이 몇 개가 옆으로 튕겨 나갔다. 어느 정도 높이에 이르자 저만치서 밤의 불빛들이 어른거렸다. 왼편은 산이고 오른편은 비탈진 숲이었다. 더 이상 집은 없었다.

길은 갈수록 좁아지면서 경사도 심해졌다. 마을은 아직 공사 중인 데다가 도로도 포장되지 않은 상태였다. 우리 집을 찾아가는 길을 놓친다는 건 말이 안 되었다. 설령 길을 잘못 들었다 하더라도 즉시 멈춰 서서 되돌아갈 수밖에 없었다. 이대로 앞으로 달렸다는 건 무얼 의미하는 걸까.

'정답!'

단체 대화방에 전송된 은찬의 대답에 도우가 지하실 문을 열었다. 주방과 연결된 통로로 은찬이 올라왔다.

'몇 분 걸렸어?'

들어오자마자 은찬이 물었다. 은찬은 17분 만에 밖으로 나왔지만 두 번의 힌트를 받아 최종 탈출 시간은 20분이 추가된 37분이 되었다. 첫 주자이자 집주인인 은찬의 시간을 기준으로 잡았다.

두번째는 정후였다. 은찬이 동행해서 정후가 지하실로 들어가는 걸 확인한 뒤에 차고에서 문을 걸어 잠갔다. 정후는 지하실에 들어간 지 얼마 되지 않아 힌트의 위치를 알려달라는 문자를 보내왔다. 분위기는 한껏 달아올랐고 연달아 다음 힌트까지 달라는 정후의 요구에 다들 신이 난 얼굴이었다. 두 개째 힌트를 받고도 정후는 감을 잡지 못했는지 지하실 안에서 욕설이 터져 나왔다. 아이들은 배를 잡고 웃음을 터뜨렸다.

나는 속마음을 감추고 친구들을 바라보았다. 모두가 재미있는 게임을 하는 즐거운 표정이었다. 앞으로 일어날 일을 머릿속으로 시뮬레이션 해보았다. 최선과 최악을 그려보았다. 가장 늦게 탈출해서 한 달 동안 심한 장난을 견뎌야 하는 건 상상만으로도 끔찍했기 때문에 어떻게든 한 명이라도 앞서야 했다.

단번에 답을 맞힌 아이는 없어도 세 번의 힌트를 받고도 정답을 전송하지 못한 아이도 없었다. 누가 가장 짧은 시간 안에 탈출하는지에 관심이 모아졌다. 도우는 첫번째 힌트만으로 정답을 보냈다.

'게임도 일등이냐?'

서준이 농담 반 진담 반으로 말했고 도우는 태연하게 지하실을 나왔다.

몰래 호흡을 조절했다. 이건 아무것도 아니다, 게임일 뿐이다, 스스로에게 주문을 걸었다. 내가 일등이 될지도 모른다. 그럼 더는 내가 싫어하는 짓은 못 하게 할 생각이었다. 목을 조르거나 억지로 끌고 다니지 말고 참고서에 낙서도 하지 말라고. 빌려준 무선 이어폰도 돌려받을 작정이었다. 이건 재미있는 게임이니까.

'율, 네 차례야.'

도우가 내 어깨를 떠밀었다. 동수는 파이팅을 외쳤고 시윤은 입을 막고 웃음을 참았다.

나는 지하실 문 앞에 섰다. 은찬이 어서 들어가라는 눈짓을 했다. 안으로 발을 들여놓자마자 등 뒤의 문이 닫혔다. 여기저기 잡동사니 위에 쌓인 오래된 먼지 냄새가 훅 끼쳐왔다.

바람을 가르며 숨을 들이쉬었다. 자전거는 어느새 언덕의 꼭대기에 이르렀다. 나무로 둘러싸인 숲에서도 쉬이 숨이 가벼워지지 않았다. 마을의 불빛이 까마득했다. 자전거의 조명이 비춘 거리는 불과 몇 미터 앞. 최대한 그날과 비슷한 여건을 만들기 위해서 나는 멈추지 않고 달렸다.

뒤엉킨 기억은 서서히 제자리를 찾아가고 있었다. 이제 남은 건 기억의 끝이다. 더는 떠오르지 않을지도 모른다. 예상과는 다른 방향으로 흘러갈 수도 있었다. 갑자기 자전거의 핸들을 돌리고 싶은 갈등이 생겼다. 진실과 마주하는 게 무조건 나은 결과를 가져오는 건 아니라고 합리화하고 싶었다. 그러면서도 나는 끝내 자전거를 멈추지 못했다.

포장되지 않은 길 위를 달리자 엉덩이가 들썩였다. 어디선가 멧돼지라도 불쑥 튀어나오는 건 아닌지 두려워졌다. 사고가 난 건 그런 돌발 상황 때문일지도 모른다고 생각하면서. 차라리 그래 주기를 바라면서.

—최근에 학교에서 아이들이 가장 많이 쓴 단어

휴대전화로 문제가 전송되었다. 단어,라는 말을 반복하면서 아이들 사이의 유행어와 인기 있는 아이템을 여럿 떠올렸다. 몇 가지 답을 보냈지만 정답이 아니었다. 지체하지 않으려면 힌트를 받는 수밖에 없었다.

—장식장 맨 위 칸

힌트가 담긴 종이의 위치였다. 장식장은 세 개가 나란히 있었다. 첫번째부터 위 칸을 살폈다. 그릇이 있는 첫번째 장식장에서는 아무것도 나오지 않았다. 두번째 장식장에 놓인 박스를 내리다가 바닥에 떨어뜨리고 말았다. 박스 안의 물건들이 쏟아져 나오는 바람에 나도 모르게 헉 소리를 내지르며 뒤로 물러섰다. 별거 아니야, 속으로 타일렀다.

다행히 종이는 박스가 놓였던 자리의 바닥에 있었다. 떨리는 손으로 다급하게 종이를 펼쳤고 갈겨쓴 글자를 보자마자 숨이 턱 막혀왔다.

—송유미

첫번째 힌트였다. 내 휴대전화에 사진이 찍힌 아이. 누군가 내 휴대전화로 사진을 찍은 아이.

가슴이 빠르게 뛰었다. 단번에 아이들의 의도가 파악되었다. 빨리 탈출하려던 계획이 무너졌다. 스스로를 다잡은 마음은 사라지고 얼굴에서 식은땀이 흐르기 시작했다. 처음부터 타깃은 정해져 있었다는 걸 그제야 알았다. 아니, 알고 있던 걸 확인한 셈이었다.

알면서도 아니길 바랐던 거였다. 종이를 들고 있는 두 손이 심하게 떨렸다.

기억이 선명하게 다가올수록 나는 자전거의 속도를 올렸다. 멈출 수가 없었다. 멈춰지지가 않았다. 아이들이 낸 문제의 답을 나는 찾을 수가 없었고, 그건 당연했다. 애초에 정답 따위는 없었다. 그건 나에게 결코 정답이 아닌 일이었다.

—두번째 힌트 나간다

묻지도 않았는데 다음 힌트의 위치가 떴다. 공구함. 동시에 지하실의 전등이 꺼졌다. 게임의 룰에도 없던 설정이었기 때문에 나는 적잖이 당황했다. 서둘러 휴대전화의 조명을 켜고 공구함을 찾았다. 초조한 와중에도 내 예상이 빗나갈 가능성에 의지했다. 송유미와 연관된 다른 일은 얼마든지 있다. 허겁지겁 발을 옮기다가 바닥에 있는 박스를 걷어차는 바람에 몸의 중심을 잃고 들고 있던 휴대전화마저 놓쳤다. 이내 조명이 사라졌다. 바닥을 더듬어 휴대전화를 찾아서 지하실 내부가 잘 보이는 자리에 세워놓았다. 침착해야 한다는 걸 알면서도 머리와 다르게 몸은 갈수록 뻣뻣해졌다.

공구함, 공구함. 일부러 소리를 냈다. 공구함은 벽면에 설치된 선반 위에 있었다. 공구함을 열면서 한쪽 팔로 흐르는 땀을 닦았다. 두번째 힌트가 적힌 종이를 펼쳤다.

—남의 사진을 몰래 찍는 사람

손에서 놓친 종이가 팔랑거리며 내 발치로 떨어졌다.

숨이 가빠왔다. 아마도 쉬지 않고 페달을 밟아서일 것이다. 한창 공사가 진행 중인 곳이라 여기저기 자재가 쌓여 있었다. 희미한 불빛만으로도 나는 용케 자전거를 몰았다. 아이들이 써놓은 종이 위의 글자가 또렷하게 보였다.

"난 아니야."

입에서 소리가 터져 나왔다.

갑자기 머리 위로 벚꽃 잎이 쏟아져 내렸다. 한두 방울씩 떨어지는 빗줄기와 거세지는 바람이 그대로 느껴졌다. 자전거의 속도를 올리면서도, 가슴이 뛰면서도 나는 벚꽃을 떠올리고 있었다. 비가 오고 바람이 불면 꽃잎은 전부 지고 말겠지, 하는 아쉬움과 서운함. 그 순간에 왜 하필 그런 생각이 들었는지 모른다.

친구들의 의도를 완전히 깨닫고 나서, 게임의 화살이 나를 향했다는 걸 알고 나서도 나는 벚꽃만 생각했다. 수많은 꽃잎이 나를 감쌌다. 속도를 내는 자전거 옆으로 우수수 꽃잎이 떨어졌다. 나는 그 길을 따라갔다. 무작정 달렸던 게 아니라 꽃잎이 날리는 길을 찾아서, 이제 곧 떨어져 흔적도 없이 사라질 꽃잎을 향해 달렸던 거였다.

―서울 별명

마지막 힌트가 눈앞에 나타났고 나는 핸들을 옆으로 급히 꺾으며 자전거의 브레이크를 잡았다. 반동으로 몸이 쏠리면서 한 발을 땅으로 내디뎠다.

자전거는 경고 펜스 앞에서 아슬아슬하게 멈추었다. 뒤를 돌아

내가 달려온 길을 보았다. 마침내 삭제되었던 기억이 벚꽃 잎과 함께 온전히 내게로 달려들었다.

14

벚꽃 잎이 흩어지며 세라가 내게로 다가왔다. 내가 세라에게
갔는지도 모른다. 내 시간이 멈추는 그때에 세라는 손을 내밀어
나를 잡아주었고, 나는 덤덤하게 또는 절박하게 세라의 손을 잡
았다.

'나를 부른 게 혹시 너였니?'

내가 묻자 세라는 잔잔한 미소를 지었다.

'네가 먼저 불렀잖아.'

'내가 언제……'

말끝을 흐렸지만 짐작할 수 있었다. 나는 간절하게 누군가를
찾고 있었고, 꽃잎이 내려앉는 것만큼이나 고요한 나의 외침을
세라가 들었던 거라고. 처음 세라와 마주했을 때 낯설지 않았던
것도 그래서였다고.

현실의 기억이 돌아오면서 나는 삶에서 또 한 발짝 물러섰다. 삶보다 죽음이 가까웠다. 한편으로는 뜨거운 무언가가 느껴지기도 했다. 온몸에서 열이 나는 것 같기도 했고 전력 질주를 한 뒤처럼 숨이 찰 때도 있었다.

내 몸을 살펴보았다. 죽은 사람들이 말해줄 때에야 아직 내가 살아 있음을 알았다. 시간이 흐르는 느낌이 없어 죽음에 가까이 온 지가 얼마나 된 건지 분명하지 않았다. 그러면서도 이제 머지않아 떠나야 할지도 모른다는 예감이 들었다. 내가 가야 할 길이 어느 쪽이든.

'여기 있는 사람들이라면…… 돌아가는 길을 택할 거야. 단 하루, 아주 잠깐이라도.'

나뭇잎을 하나 뜯어 세라는 손바닥 위에 올려놓았다. 가만히 내려다보다가 후 입김을 불자 나뭇잎은 훌쩍 날아올랐다. 금방 바닥으로 내려앉을 줄 알았는데 꽤 멀리 날아가다가 한순간에 사라졌다.

다른 사람들 얘기라지만 삶으로 돌아가는 걸 선택한다는 건 세라의 바람이기도 할 것이다. 세라의 진심을 눈치챈 다음부터 말과 행동 모두가 예사로 받아들여지지 않았다. 그리고 궁금했다. 사람들이 무엇 때문에 끝난 생을 그리워하는지, 고단하고 팍팍한 삶을 살아온 이야기를 하면서도 왜 또 그곳으로 가고 싶어 하는지.

'남겨둔 것들이 있으니까. 하고 싶은 일도.'

내 속을 꿰뚫은 것처럼 세라가 말했다. 대답 뒤에는 무슨 생각을 하는지 전에 없이 복잡한 얼굴이었다. 나뭇잎이 사라진 곳만 하염없이 바라보았다. 세라를 위해 무언가 해주고 싶은데 할 수 있는 일이 떠오르지 않았다. 언제까지고 내게 소중한 친구일 세라에게.

친구들을 생각하자 자연스레 은찬의 얼굴이 그려졌다. 끝없이 펼쳐진 하늘과 땅, 언제나 싱그럽기만 한 숲을 둘러보다가 나는 천천히 눈을 감았다. 초등학교 때 은찬과 운동장을 뛰어다니던 일이 아련하게 살아났다. 친구들과 둘러앉아 장난을 모의하던 것부터 게임의 레벨을 올리려고 기를 쓰고 키보드를 두드리던 일이 영화를 보듯 펼쳐졌다. 시간을 건너뛰어 고등학생이 된 후로 우리는 달라져 있었다. 은찬도, 사실은 나도.

생각나지 않아도 좋다고, 일부러 떠올릴 필요가 없다고 여긴 마지막이 가까이 왔다.

은찬의 집 지하실. 힌트가 적힌 종이를 펼치자 빠르게 뛰던 가슴이 꽉 막혀 조여들었다. 가슴을 부여잡고 숨을 가다듬었지만 몸 전체에서 식은땀이 흘러내렸다. 힌트를 내던 아이들의 표정이 보이는 듯했다.

가까스로 걸음을 옮겨 문가로 다가갔다. 정해진 답을 적어 보내고 지하실을 빠져나갈 수는 있지만, 숨이 멎더라도 그렇게 하고 싶지 않았다. 그게 아이들이 원하는 거였고 마지막 자존심까지 팽개치며 나 스스로를 거짓으로 내모는 셈이었다. 그렇다고 답을 보내지 않으면 한 달 또는 그 이상 한층 심해진 아이들의 장난을 견뎌야 한다. 어느 쪽도 내 편은 아니었다.

'문 열어, 열라고!'

지하실 문을 두드리며 겨우 소리를 뱉어냈다. 온몸이 땀으로 젖어들었다. 세워둔 휴대전화가 넘어지면서 지하는 온통 어둠에 휩싸였다. 다시 휴대전화를 집어 들어 조명을 비추어야 한다는 걸 알면서도 몸은 다르게 움직였다. 1초라도 빨리 지하실을 나가고 싶은 생각밖에 없었다. 어두운 사방이 내게 달려들었다. 장식장이, 공구함이 저절로 다가왔다.

'열어줘, 제발!'

아무리 외쳐도 문은 열리지 않았다. 주먹으로 두드리고 손잡이를 당겨봐도 소용없었다. 기운이 빠져 바닥에 주저앉았다. 휴대전화에서 문자가 도착한 신호음이 울렸다. 아이들이 띄운 것이겠지만 더는 열어볼 용기가 없었다.

내 입에서 나오는 거친 숨소리가 지하실을 가득 메웠다. 어두운 가운데 그림자가 어른거렸다. 나는 앉은 채로 뒤로 물러났다.

'자기가 한 일에 대한 책임을 져야지.'

엄마의 목소리가 들리는 것 같았다.

'율아, 이리 온.'

큰엄마인 것도 같았다.

그림자의 형체는 아빠이다가 송유미가 되었다. 나는 귀를 막고 눈을 감았다. 공포를 벗어날 수만 있다면, 이 상황을 피할 수만 있다면. 이대로 죽을지 모른다는 두려움이 엄습했다. 죽는 게 나

을 수도 있다. 신음이 새어 나왔고 눈물인지 땀인지 모를 액체가
얼굴을 타고 흘렀다.

덜컹.

모든 게 끝이라고 느끼던 때에 문이 열리고 안으로 빛이 스며
들었다.

'율, 왜 그러는데?'

은찬이 놀란 눈을 하고 문 뒤에 서 있었다. 망설일 겨를도 없이
바닥에서 일어섰다. 밖으로 뛰쳐나가며 은찬을 확 밀어버렸다. 무
방비 상태의 은찬이 뒤로 넘어졌고 나는 정신없이 차고로 뛰어나
갔다. 덜덜 떨리는 손으로 자전거의 핸들을 잡고 안장에 올라탔다.

'뭐냐?'

'문을 왜 열었어?'

아이들이 밖으로 나오고 있었다.

빨리 벗어나려고 할수록 발은 굳어 무거웠다. 페달을 밟으려던
발이 두어 번 미끄러지다가 자리를 잡았다. 자전거가 움직이기
시작하자 페달 위의 발에 더욱 힘을 주었다. 아이들이 불렀지만
돌아보지 않았다. 아무 말도 듣고 싶지 않았다.

내리막에 이르러서도 속도를 줄이지 않았다. 어둠이 덮인 시간,
인기척에 멀리서 개 짖는 소리가 났다. 한 마리가 시작하자 신호
라도 되는 듯이 여기저기서 개들이 짖어댔다.

집 쪽으로 핸들을 꺾지 않고 그대로 앞으로 달렸다. 집으로 갈
수 없었다. 내 몰골을 보고 엄마가 보일 반응은 너무도 뻔했다.

이 상태로 엄마와 마주치는 것도 최악이었다.

찬바람을 맞자 거친 숨이 가라앉았다. 조금씩 떨어지는 빗줄기에 정신이 깨어나면서 뒤늦게 휴대전화 생각이 났다. 핸들을 잡지 않은 손으로 주머니를 더듬었지만 아무것도 만져지지 않았다. 전화기는 지하실 바닥에 내동댕이쳐져 있을 테고 아이들 손으로 넘어갔을 것이다. 학교에서 일어날 일들이 반복되어 펼쳐졌다.

'전 아니에요. 전화기를 잃어버린 거라고요.'

똑같은 변명. 진실은 어떻게든 밝혀진다는 말을 믿을 수가 없다. 사람들이 믿는 게 곧 진실이었다.

거친 길에서도 쉴 새 없이 페달을 움직였다. 이 길의 끝이 어디일까. 알 것도 같고 모를 것도 같았다. 길에서 무엇과 마주하더라도 상관없었다. 산짐승이 튀어나와 자전거를 덮쳐도, 길을 잘못든 자동차와 사고가 나는 것도 나쁘지 않았다. 그러면 사람들이 믿어줄지도 모르니까. 내가 완전히 망가진 다음에야 자신들의 실수를 깨달을 수도 있을 테니까.

행복하지 않은 시간이라면 차라리 없는 게 나아. 아마도 그런 생각을 하고 있던 때일 것이다. 벚꽃 잎이 날아와 눈길을 사로잡았다. 흩날리는 꽃잎이 아름다워 눈을 뗄 수가 없었다. 이렇게 작은 존재가 세상을 아름답게 만들 수 있다는 사실이 신기했다. 떨어지는 꽃잎이 유일하게 곁에서 나를 품어주었다.

계절이 바뀌면서 물들고 변하는 세상을 똑바로 본 적이 없었다. 자연의 일상은 스치듯 지나쳤다. 언젠가 내게도 마지막 계절이 다가오겠지만 그건 아주 먼 미래일 테니 당장은 주의를 기울일 필요가 없었다. 그런데 문득 눈에 들어왔다. 끊임없이 주위를 맴돌고 있던 미묘한 변화들이 나를 불렀다.

자전거의 속도를 좀체 줄이지 않으면서도 나는 꽃잎을 손에 넣고 싶어 팔을 내밀었다. 손에 잡힐 것 같던 꽃잎은 바람에 날려 위로 떠올랐다. 불행한 어느 시간 속에서 희망이라는 조각을 발견한 사람처럼, 나는 어떻게든 꽃잎을 손에 넣으려고 했으나 꽃잎은 손끝을 스쳐 먼 곳으로 날아갔다. 다른 꽃잎들도 마찬가지였다.

어느새 나는 오로지 꽃잎에만 관심을 쏟았다. 바람이 불고 비까지 내리고 나면 다시 못 볼 풍경이었다. 계절이 돌아서 제자리로 오려면 한참을 기다려야 했다. 그때는 다른 모습일지 모른다. 계절이, 아니면 내가.

한 팔로 운전하는 자전거가 거친 길에서 불안하게 좌우로 움직였다. 균형을 바로잡으며 손바닥을 펼쳤다. 마침내 꽃잎 하나가 내 손에 닿을락 말락 하는 찰나에 자전거 앞바퀴가 강하게 충돌을 일으켰다. 몸이 확 쏠리면서 나는 앞으로 튀어 나갔다. 공중으로 몸이 떠오르는 순간, 자전거의 조명 사이로 바람에 살랑이는 꽃잎이 보였다. 팔을 뻗었다. 꽃잎이 손바닥에 내려앉은 것과 동시에 내 몸은 공중에서 바닥으로 곤두박질쳤다.

쿵.

바닥으로 떨어진 뒤에 여러 바퀴를 굴렀다. 내 의지와 상관없이 몸은 저절로 움직이다가 나무둥치에 부딪히고 나서야 멈추었다. 꽃잎을 잡은 손을 움켜쥐었다. 온몸이 충격으로 굳어 움직일 수가 없었다. 간신히 눈을 떠 손을 바라보았다.

'잡았다.'

입이 열리지 않아 속으로 혼잣말을 했다. 옅은 분홍색 꽃잎이 손안에 들어와 있었다. 놓치지 않고 잘 잡아낸 것이다. 나는 웃고 싶었다. 갖고 싶은 걸 가져본 게 얼마 만인지 모른다. 아주 오랜만이었다. 태어나 처음일 수도 있었다. 세상을 다 가진 것 같았다. 웃기 위해 입꼬리를 올려보았지만 그마저도 쉽지 않았다. 힘이 빠져 스르르 손이 펼쳐졌다. 바닥에 누운 채로 손바닥 위의 꽃잎만 바라보았다. 빗줄기가 차츰 세지며 두 볼이 차갑게 젖었다.

몸은 아무런 통증도 느껴지지 않았다. 오히려 가벼워지는 착각이 들었다. 이대로 모든 게 끝나도 괜찮다는 생각을 했다. 갖고 싶은 게 손에 있으니 그걸로 된 거다. 다른 건 필요 없었다. 바람이 불어 손바닥 위에 있는 꽃잎이 날아갈 듯했다. 주먹을 쥐어 꽃잎을 잡으려 했으나 펼쳐진 손이 말을 듣지 않았다. 또 한 번 바람이 일자 꽃잎은 손 위로 살짝 떠올랐다. 그러고는 춤을 추듯 이리저리 날렸다.

누워 있는 내 몸 위로 하늘하늘 벚꽃 잎이 내렸다. 마음이 편안해지면서 앞이 흐려지고 눈이 감겼다. 억지로 눈을 떠 조금이라도 꽃잎을 보려 했지만 곧 뿌예진 시야는 완전히 가려져 아무것도 보이지 않았다.

'더는 바랄 게 없었어. 그 순간은.'

눈을 뜨면서 세라에게 말했다.

'영원히 깨지 않아도 좋을 만큼.'

내가 죽음에 가까이 오게 된, 그리고 돌아갈 결심을 하지 못했던 이유가 비로소 설명되었다. 작심을 한 건 아니지만 일정 부분은 스스로 선택한 일이었다. 내가 잡은 건 꽃잎이면서 세라의 손이고 삶의 끝이었다.

'행복은 그런 걸 거야. 늘 반복돼서 그냥 지나치는 일들.'

세라의 입에서 나온 '행복'이라는 말이 내 가슴을 물들였다. 행복이라는 단어가 꽃잎처럼 날아왔다. 한 번도 곁에 있다고 느껴본 적이 없는 단어. 존재조차 의심스러운 말.

일상으로 넘기던 많은 일들이 떠올랐다. 하루가 모여 한 달이, 1년이 지나면서 되풀이되던 소소한 풍경들. 그 속에서 나는 자라고 변했지만 작은 것들이 모여 행복이 된다는 사실을 깨달은 적은 없었다. 작은 건 시시했다. 없어도 그만인 줄 알았다. 내게 있는 건 당연했고 갖지 못한 걸 바라보았다.

'나는…… 아팠어, 많이.'

세라가 뜻밖의 얘기를 꺼냈다. 어느 때보다 찬란한 배경에서 세라의 아픔이 수채화처럼 번져갔다. 한 번도 꺼낸 적이 없던 이야기라 직접 듣고 나자 나는 표정을 감출 수가 없어 당황스러운 몸짓으로 허둥거리기만 했다.

'고통이 커질수록 소중한 건 점점 많아졌어. 그래서 남고 싶었어. 아프고 힘들어도 날마다 변하는 세상을 보면서 가족들이랑

친구들 곁에 하루라도 더.'

간절함을 무덤덤하게 말하기까지 세라가 겪은 시간들을 가늠할 수 없었다.

'여기 와서도 떠나야 한다는 걸 아는데 그러지 못했어. 내 자리가 어디인지 알면서도.'

세라는 잠시 말을 멈추었다. 이어질 말들을 알 것 같아 나는 한없이 작아지고 말았다.

'너도 마찬가지잖아.'

아니라고 하지 못했다. 외면하고 있던 진심이, 벗어나려고 한 현실이 눈앞에서 나를 내려다보고 있었다.

'잠깐이라도…… 돌아갈 수 있다면 뭘 하고 싶어?'

내가 조심스럽게 물었다. 세라에게 가장 절실한 게 뭔지 궁금했다. 할 수만 있다면 지켜주고 싶었다. 방법을 찾아서 도움을 주고 싶었다. 대답을 기다리면서 나에게도 물었다. 다시 삶이 주어진다면 무얼 하고 싶은지. 무얼 할 수 있을지.

'사랑하는 사람들을 만나서 내가 잘 있다는 걸 보여줄 거야. 나는 잘 있으니까 괜찮다고, 힘들어하지 말라고 하고 싶어.'

세라는 망설임 없이 말했다.

'나 때문에 슬퍼할 사람들이 걱정돼. 내 죽음을 받아들이고 나를 추억해줬으면 좋겠어. 나를 떠올릴 때 울지 말고 웃었으면 좋겠어.'

말문을 열고 나자 세라는 연달아 속마음을 꺼냈다. 세라가 가졌던 삶에 대한 가장 큰 미련은 사랑하는 사람에 대한 걱정이었던 걸까.

그리움은 사랑과 비례하는 감정이다. 내가 영원히 돌아가지 못한다면 가족과 친구들의 슬픔이 어느 정도일지 짐작할 수 없었다.

'슬퍼할 만큼 날 사랑하는 사람이 있을까?'

내가 중얼거리자 세라의 아련한 눈길이 와닿았다.

주변이 일순간 멈춰버린 듯했다. 아무 소리도 나지 않고 나뭇잎도 흔들리지 않았다. 우리만 남겨두고 다 조금씩 뒤로 물러나는 기분이었다. 이대로 또 다른 낯선 곳으로 옮겨가는 건 아닐지, 우리가 있는 곳이 어디인지 불안함이 밀려왔다.

'네가 사랑한 사람은?'

세라의 음성이 낮게 들렸다. 나는 깊숙이 감추어둔 비밀을 펼쳐 보인 것만 같았다. 사랑받기를 원하면서 사랑한 적은 없다는 사실을, 주춤 물러서버린 일들과 자존심 때문에 감추어둔 마음까지. 실은 사랑이라는 말 자체를 부정해버렸다는 것도.

'난 정말 행복했어. 엄마 아빠 딸로 태어나서, 아라 언니가 될 수 있어서. 내가 어디에 있든 그건 변함없어.'

얘기를 듣는 동안 내 몸은 차차 따뜻해졌다. 기억이 더해지면 죽음이 가까워져야 하는데 이상하게도 따스한 온기가 퍼졌다.

'남은 사람들도 네가 힘들어하는 걸 바라지 않을 거야. 만나지 못해도 느낄 수는 있잖아. 서로의 기쁨과 슬픔을.'

세라를 위해 한 말이지만, 말을 하고 나니 그 말이 진실일 거라는 믿음이 들었다. 세라가 웃으면 세라가 사랑하는 사람들도 웃게 될 거라는 확신이었다. 세라는 묵묵히 내 얼굴을 바라보았다.

'우리…… 이제 어떻게 할까?'

세라가 물었다.

나에게는 아직 제자리로 돌아갈 수 있는 기회가 남아 있었다. 그 기회가 행복이 될지, 불행이 될지 장담할 수는 없어도 선택지는 있는 셈이었다. 돌아가는 일이 가능하다면, 이곳에 남는 걸 택하는 일은 실수가 될지 모른다. 원하든 아니든 이곳은 언젠가는 반드시 와야 하니까.

죽음에 가까워진 뒤로 과거를 되짚어본 적은 있어도 미래를 그려본 적은 없다. 돌아가고 싶지 않은 과거가 똑같이 펼쳐질 거라는 예견 때문에 미래에 대한 희망도 갖지 않았다. 하고 싶은 일이 있다면, 해야 할 일이 있다면, 조금 다를 수도 있을 것 같았다. 그게 무언지 아직 갈피를 잡을 수는 없지만.

'포기하고 싶지 않은 게 하나만 있어도 살아야 할 이유가 될 거야.'

내가 힘없이 말했다. 내게도 포기할 수 없는 일들이 있었겠지만, 지키고 싶은 것들은 점차 줄어들어 마지막으로 원한 건 꽃잎 하나였을 뿐 다른 건 생각나지 않았다.

'절대 포기하면 안 되는 게 있잖아.'

세라의 말에 나는 표정으로 물었다.

'바로 너.'

세라의 목소리는 작지만 단호했다.

멈추었던 풍경들이 다시 움직였다. 나뭇잎이 흔들리며 소리를 냈다. 바람, 공기 그리고 향기. 눈에 보이지 않는 것들이 느껴졌다.

'나…… 자신.'

손바닥을 펼쳐보았다. 손 위에 앉아 있던 꽃잎의 행방이 궁금했다. 바닥으로 떨어진 꽃잎은 어디로 간 걸까.

'이제……'

나는 천천히 입을 열었다. 세라의 표정은 많은 이야기를 담고 있었다. 우리는 눈길을 돌리지 않고 서로를 마주했다.

'같이 갈까?'

말하면서도 가슴이 아렸다.

'각자의 길로.'

아프지만 나머지 말도 이어 했다.

세라는 할 말을 잊은 듯 대꾸가 없었다. 삶과 죽음의 시간들이 세라의 곁으로 다가왔다. 세라와 나를 위해서 한 결심이지만 내가 줄 수 있는 도움이 고작 이별을 말하는 것뿐이라는 사실이 안타깝기만 했다. 같은 길을 갈 수 있다면, 아주 오래 우리가 서로의 곁에 있을 수 있다면.

잠시 뒤에 세라는 내가 말했던 것처럼 슬퍼하기보다 웃음을 지었다.

'고마워. 같이,라고 해줘서. 용기가 안 나서 하지 못한 말을 먼저 해줘서.'

세라의 말투는 차분했다.

'난 네 덕분에 용기를 낸 거야.'

혼자라면 할 수 없었을 것이다. 피하고 싶은 두려움이 일어설 수 있는 힘이 될 수 있었던 건 세라가 곁에 있었기 때문이다.

'이젠 나도 웃으면서 갈 수 있을 것 같아. 나를 위해서, 내가 사랑하는 사람들을 위해서.'

세라의 말을 듣고도 실감이 나지 않았다. 세라가 완전한 죽음으로 떠나야 한다는 걸 알고 있으면서도, 닥쳐온 이별은 믿을 수가 없었다.

'마지막으로 친구가 되어줘서 고마워.'

'나는 너한테 아무것도 해준 게 없어.'

말하는 동안 온갖 감정들이 몰려왔다. 미안함, 슬픔, 서운함과 자책까지.

'네가 곁에 있어서 따뜻한 시간을 보낼 수 있었어. 네 덕분에 나를 생각했어. 내가 지나온 날들과 이제 내가 가야 할 곳이 어디인지, 무얼 해야 하는지.'

세라가 하는 말은 내가 하려던 말과 다르지 않았다.

'도움을 받은 건 오히려 나야.'

나도 솔직한 마음을 꺼내놓았다.

'그럼 서로 좋은 친구였던 걸로.'

세라가 환한 얼굴로 손을 내밀었다. 이번에 세라의 손을 잡는 건 마지막 인사임과 동시에 약속이었다. 각자의 길로 돌아간다는

약속. 삶과 죽음의 자리로 가는 길이라는 걸 우리 둘 다 잘 알고
있었다.

15

아무것도 없는 손바닥을 내려다보았다. 앞만 보고 달리다가 우연히 눈에 들어온 풍경. 꽃이 화려하게 피었을 때는 정작 그걸 바라볼 여유조차 없었다. 일부러 외면했던 걸 수도 있다. 아름다운 건 쓸쓸했다. 금방 사라져버려서, 보고 싶을 때 볼 수 없어서.

되찾은 기억 속에서 친구들은 완전한 내 편이 아니었다. 그렇다고 사고 자체를 친구들 탓으로 돌릴 수는 없었다. 그건 내 선택이고 의지였다. 꽃잎을 핑계 삼아 나는 아주 먼 곳까지 도망치고 말았다. 제자리로 올 이유도 피한 채로.

기억이 돌아오자마자 은찬을 찾아갔다. 시험 기간이었고 학원 수업이 시작되기 직전이라 길게 얘기를 나눌 수는 없었다. 우리는 늘 시간에 쫓겼다. 서로가 서로를 이해하고 헤아릴 여건이 쉽게 허락되지 않았다.

"웬일이야?"

은찬의 얼굴이 복잡하게 얽혔다. 은찬은 나에 대해 생각보다 많은 걸 알고 있을지 모른다. 은찬이 지하실 문을 열었을 때 나는 이미 가장자리로 물러서 있었다. 무엇이든 빌미로 모든 걸 내려놓고자 했던 내 마음을 은찬이 읽은 건 아닐까.

"뭐라도 기억이 났어?"

"응."

무심코 한 질문에 내가 대답하자 은찬은 눈을 크게 떴다.

"정말? 어디까지?"

"거의 전부."

"다, 다행이다."

말과 다르게 은찬은 당황한 기색이었다. 나는 은찬이 먼저 얘기해주기를 기다렸다. 어느 날, 어떤 순간이더라도 상관없었다. 하지만 은찬은 굳게 입을 다물었다.

"처음 교실 문을 열고 들어갔을 때……"

결국 내가 말을 꺼냈다.

"네가 있어서 정말 좋았어."

느닷없는 내 고백에 은찬은 꽤 놀란 얼굴을 했다. 운동장에서 함께 공을 차며 뛰어다니던 어린 날의 추억이 입김처럼 따뜻하게 다가왔다.

"문 열어줘서 고마워."

은찬이 집 안으로 통하는 문이 아니라 차고 쪽 문을 열었던 건 다른 아이들의 반대를 피하려고 그랬을 것이다. 나는 그게 은찬의 진심이라고 믿고 싶었다. 재미 삼아 하는 장난이 상대방에게 얼마나 큰 상처가 되는지 알지 못했을 뿐.

할 말을 찾지 못하는 은찬을 두고 내가 돌아설 때였다.

"미안하다."

은찬이 빠르게 내뱉었다.

"뭐가?"

"그냥, 다."

은찬은 발로 바닥을 툭툭 찼다.

여러 가지 일들이 스쳤다. 누구의 잘못이라고 하기에는 애매한 일도 많았다. 나도 공부를 핑계로 친구들을 견제했다. 부당한 행동에 내 의사를 확실히 하지 못했다. 나만 아니면 된다고 생각했고 내가 당사자가 아닐 때에는 웃어넘긴 적도 있었다. 시작은 거기부터였는지도 모른다.

"그런 장난은 치지 말았어야 해."

내 말에 은찬이 발길질을 멈추었다. 누군가가 상처받기 전에, 누군가가 망가지기 전에 멈추어야 했다.

"요즘엔 나도 도우랑 안 다녀."

도우와 멀어진 게 무얼 의미하는지 알고 있었다. 그렇게 될까 봐 두려워서 다른 사람 뒤에 숨는 비겁함으로 우리는 서로를 괴롭게 하고 오해했던 거였다.

"곧 학교로 돌아갈 거야."

"괜찮겠어?"

내 결심을 말하자 은찬은 의외라는 반응을 보였다.

"피할 이유가 없으니까."

할 일이 많았다. 졸업이나 대학 진학을 위해서가 아니었다. 앞서간 친구들을 따라잡는 것보다 중요한 일이 있다는 걸 깨달았을 뿐이다. 은찬도 수긍하는 얼굴로 고개를 끄덕였다.

"근데, 너……"

잠시 뜸 들이던 은찬이 머뭇대며 물었다.

"왜 그쪽으로 간 거야?"

아이들이 숨기고 싶어 하는 비밀과 내 진심 사이에서 은찬도 갈팡질팡하고 있었다. 내가 잠들어 있는 동안, 깨어난 뒤로도 편했을 리가 없다.

"꽃잎 때문에."

"어?"

은찬은 통 알 수 없다는 표정이었다.

"어쩔 수 없었어, 그때는."

나조차 나를 막지 못했다는 말은 하지 않았다. 몇 마디 말로 설명하기에는 부족했다.

"무서웠어. 네가 깨어나지 못할까 봐."

그동안의 짐을 내려놓은 듯 은찬이 털어놓았다. 내 눈도 제대로 마주 보지 못할 정도로 은찬은 미안해하고 있었다.

"궁금한 거 있으면 물어봐도 돼."

어디서부터 시작해야 할지 몰라 내가 말했다.

"나 질문하는 거 싫어하는데."

대답하면서 은찬이 뒷머리를 긁적였다. 비로소 오래전의 친구로 되돌아간 느낌이었다.

"그럼 네가 말하고 싶을 때 얘기해줘. 더 지난 다음에. 다 괜찮다고 생각될 때."

내 말에 은찬의 얼굴에 옅은 웃음이 번졌다.

나 또한 우리가 서로를 이해할 수 있을 때에 숨김없이 꺼낼 작정이었다. 친했던 만큼 서로에게 상처가 되었지만, 친했던 시간이 있으니 다시 다가설 수 있을 것이다. 그때 은찬에게 말하고 싶었다. 내 진심을, 그리고 신기한 경험까지. 은찬이 어디까지 믿을지 모르지만 진짜 친구라면 솔직하게 얘기하는 게 맞는 거였다.

은찬을 만나고 나자 한 가지 큰일을 정리한 듯 홀가분해졌다. 누구를 원망하고 싶지도, 나를 탓하고 싶지도 않았다.

"괜찮아?"

곁에서 걷던 아라가 나를 살피고는 근심스럽게 물었다. 나는 살짝 어깨를 올렸다 내렸다.

다행히 아라는 지난번처럼 죽음에 다가갈 수 있는 방법에 대해 묻거나 억지를 부리지 않았다. 나는 아라의 상처를 덧나게 하지 않으면서 세라의 얘기를 전할 수 있는 방법을 고심 중이었다.

"넌 이해가 가냐?"

"뭘?"

아라가 나를 흘끗 보며 되물었다.

"꽃잎 하나 때문에 마음이 흔들렸던 거."

"마음이 흔들려서 꽃잎이 눈에 들어왔던 건 아니고?"

아라의 말도 일리가 있었다. 평소의 나라면 무심히 지나쳤을 풍경과 관심조차 기울이지 않았을 감각들. 막다른 길에 이르러서야 돌아보게 된 것이다.

사고까지 정확히 떠올리고 나서 나는 아라에게 숨김없이 얘기했다. 학교에서 받은 오해부터 자리를 찾지 못해 방황하던 내 처지에 대해서도 털어놓았다. 비밀을 가지고 있었다고 불만을 내뱉으면서도 아라는 내 얘기를 끝까지 잘 들어주었다.

"그렇게 감상적인 구석이 있는지 몰랐네."

아라가 말하며 나랑 발을 맞춰 걸었다.

퇴근 무렵의 거리는 붐볐다. 각자 다른 삶을 살고 있는 이들이 곁을 지나갔다. 바쁘게 움직이는 사람도 많았다. 나는 여전히 시간이 제자리를 찾아가는 걸 느리게 따라가고 있었다.

경찰과 선생님에게도 기억이 돌아온 사실을 전했다. 사고는 전적으로 내 실수라고 인정했을 때 엄마는 실망하는 눈치였다. 가해자 없이 오롯이 내가 피해자가 되었다는 걸 믿을 수 없어 했다. 이제 엄마는 누구에게도 이 일의 책임을 물을 수 없게 되었다. 매일 치열한 하루를 살고 있는 엄마 입장에서는 계속 빙빙 도는 내가 답답할 수밖에 없었다.

계열사와의 합병으로 회사 규모가 커지면서 엄마의 입지는 전보다 높아졌다. 계약서에 사인을 하고 웃고 있는 엄마의 얼굴은 기사로 접했다. 그렇게 환하게 웃는 엄마는 처음이었다.

'내가 돌아오지 못했더라면 슬퍼했겠죠?'

사진 속 엄마를 보면서 나는 속으로 물었다.

병원에서 막 깨어난 나를 엄마는 세게 끌어안았다. 그때는 엄마 품에 안긴 게 어색하고 낯설었는데 시간이 지날수록 그때의 느낌이 살아났다. 내 머릿속에서 사라진 일들과 몸이 기억하는 또 다른 일들을 되돌아보았다. 내가 사랑하는 사람이 누구인지 물었던 세라의 말을 잊지 않았다. 그리고 엄마를 이해해보려고 했다. 쉽지 않은 일이겠지만 마음은 열어두었다.

아빠는 오늘도 어딘가에서 밤이 오기를 기다리고 있을 것이다. 사람들의 발길이 닿지 않는 곳을 찾아다니며 카메라의 앵글을 잡고 있을 아빠. 더없이 즐거운 순간을 우리가 함께하지 못한 건 단지 한 사람의 잘못 때문은 아니었다.

내가 지금 이곳에 있는 것이 엄마 아빠가 원한 게 아니더라도 이제 상관없었다. 이번에는 내가 선택한 거였다. 여태껏 나는 세상에 태어난 걸 시작으로, 나를 둘러싼 일들이 내 의지와 관계없이 돌아가는 줄 알았다. 하지만 그게 아닐 수도 있었다. 이번 생을 간절히 원한 건 나였는지도 모른다. 세상에 태어나기 훨씬 전부터.

"중요한 건 네 자리로 돌아왔다는 사실이지."

아라가 덧붙였다.

제자리로 왔지만 예전과는 달라질 수밖에 없었다. 되찾은 내 시간을 위해서, 인생의 리셋 버튼을 누른 것처럼.

해결하지 못한 일은 이제 하나다. 아라와 세라가 번갈아 가며 나타나고 사라졌다. 내게 다가오는 사람들의 형상 속에서 하나의 이미지가 보일 듯 말 듯 다가왔다.

"넌 그게 문제야."

아라가 대뜸 나에게 핀잔을 주었다.

"혼자서만 뭔가 있어 보이는 척하는 거. 근데 하나도 안 멋있거든!"

"난 멋있는 줄 알았는데."

자연스럽게 농담이 나왔다. 아라와 얘기를 하다 보면 어두운 곳으로 빨려 들어가다가도 웃게 된다. 누구에게도 드러내지 못한 일을 아라에게는 말할 수 있었다. 아라를 만나지 못했더라면 나는 아마 더 깊은 우물 속으로 들어가버렸을 것이다.

"고백할 게 있는데."

나는 걸음을 멈추었다. 아라가 당황하더니 급히 손사래를 쳤다.

"하지 마! 절대 하지 마!"

"무슨 말인 줄 알고 오버냐?"

"고백이라면 질색이야. 고맙다는 말은 오글거려서 싫고, 좋아한다느니 사귀자느니 그런 것도 사양할게. 난 좋아하는 사람이 따로 있거든."

아라가 지레짐작으로 떠들었다.

"그런 거 아니야."

내가 피식 웃자 아라도 샐쭉 웃어넘겼다.

"기억이…… 다시 지워지는 것 같아."

"사고까지 전부 떠올랐다며."

"그거 말고."

아라는 불안한 표정으로 이어질 내 말을 기다렸다.

"저쪽의 일들이 흐릿해. 이제는 정말 꿈처럼 멀게 느껴져."

"저쪽이라면……"

잠시 눈동자가 흔들리더니 아라의 낯빛이 변했다.

"진짜 겪은 것처럼 생생하다더니."

"사고 당시가 살아나면서, 잠들었던 기간의 일들이 가물가물
해. 시작점이 분명히 있었는데."

"당연하지. 우리 언니를 맨 처음 만났잖아!"

아라의 목소리가 흥분으로 커졌다.

"그래, 황세라."

세라의 이름이 나오자 아라는 그제야 진정했다. 기억이 다 지
워진 건 아니었다. 그렇지만 온전한 것도 아니었다. 기억의 어느
부분이 또 삐걱거리면서 삭제되기 시작했다. 죽음에 들어선 사람
들, 그곳의 풍광이 어렴풋했다. 세라와 지낸 일들도 또렷하지 않
았다. 간밤에 꾼 꿈이 선명하다가 멀어지는 것처럼, 분명했던 이
미지가 사라져갔다.

"우리 언니가 아직 거기 있잖아. 언니 얘기를 다 들려주지 않

잖아."

아라는 나를 연결 고리로 여겼다. 더는 만날 수 없는 세라를 나를 통해 만난다고 믿었다.

"세라도 이젠 거기에 없어."

"없……어?"

감출 수 없는 슬픔이 아라의 두 눈에 가득 들어찼다.

'서로 좋은 친구였던 걸로.'

다정하게 말하는 세라의 얼굴이 그려졌다. 나를 향해 웃어주던 모습. 머리에 꽂고 있던 노란 핀. 현실을 떠나 있던 내 시간이 따뜻했던 건 그리고 제자리로 돌아올 수 있었던 건, 바로 세라 덕분이었다.

16

꿈처럼 다가온 일들은 눈이 녹듯이 지워지고 있었다. 어느 날은 자고 일어난 다음에, 어느 날은 창밖을 보다가 문득, 기억의 한편이 삭제되고 있음을 느꼈다. 이제 떠오르는 일은 얼마 되지 않았다. 세라와 처음 만났던 순간도 옅어졌다. 우리가 나누었던 대화들이 드문드문 남아 있을 뿐, 기억은 바짝 마른 낙엽처럼 하나씩 떨어져 땅 위에서 흩어졌다. 믿을 수 없는 경험, 믿을 수 없는 시간들.

달리는 버스의 창문을 열자 바람이 들이쳤다. 이른 더위로 기온이 부쩍 올라갔다. 잔뜩 긴장한 마음으로 시작된 한 해는 불과 얼마 만에 나를 완전히 바꾸어놓았다. 중요하다고 여겼던 것과 한 번도 관심을 둔 적 없던 일들이 다시 자리를 잡아갔다.

버스가 정류장에 서자 사람들이 내리고 탔다. 모르는 사람들인데 친숙하게 다가왔다. 같은 시간, 같은 공간에 있는 것만으로도 특별한 인연일지 모른다. 무심히 지나쳤던 많은 인연 속에 내가 있었을 것이다.

아라와 만날 시간이 다가올수록 머릿속이 복잡했다. 무슨 이야기부터 꺼내면 좋을지 망설여졌다.

아라와는 한동안 연락을 못 하고 지냈다. 세라가 완전한 죽음으로 갈 수밖에 없었다는 이야기에 아라는 또 한 번 상처를 받았다. 내 잘못인 것 같아 연락할 수가 없었다. 현실로 완전히 돌아온 뒤, 세라와의 일들은 희미해지고 있었고 그 속도는 예상보다 훨씬 빨랐다. 죽음에 다가갔을 때 나를 스쳐 간 얼굴, 그들과 주고받은 많은 말들이 내 삶 속으로 묻혀 들어갔다. 그러면서 비어 있던 자리가 연결되었다.

마지막으로 보았던 세라의 미소가 수면 위로 올라왔다. 아무런 거리낌 없이 얘기를 나눌 수 있는 사람, 아무런 조건 없이 나를 대해주던 사람. 세라와 사랑을 주고받던 많은 사람들 사이에 진즉에 끼지 못한 게 억울할 정도였다.

떠날 결심을 한 뒤로 세라의 얼굴은 편안해 보였다. 미련이나 후회, 그리움까지 다 받아들인 사람 같았다. 세라의 마지막 얼굴이 슬프지 않게 느껴졌다.

세라의 주변으로 잘 가꾸어놓은 정원처럼 나무와 풀과 꽃이 어우러져 있었다. 아름답지만 어딘가 공허했다. 영원히 머물지 못하고 가질 수 없는 것들이 모여 있는 곳.

함께 떠나자는 말은 내가 했지만 손은 세라가 먼저 내밀었다. 혼자서는 자신이 없었기 때문에 세라의 태도에 따라 결심이 바뀔 수도 있었다. 목적지는 달라도 우리의 자리를 찾아가야 한다는 마음을 품었던 건 둘 다 같았다. 용기를 내지 못했던 거였다.

세라가 내민 손을 잡지 않을 수 없었다. 완전한 죽음으로 가려던 사람들이 우리 주위로 모여들었다.

'넌 꼭 돌아갈 줄 알았어.'

한 사람이 말하자 다른 사람이, 그리고 또 다른 사람이 같은 말을 했다. 나는 뭐라고 인사를 해야 할지 몰라 우물거렸다.

'부탁할 일이 있어.'

'부탁?'

세라의 말은 갑작스러웠다. 남은 사람들에게 전해줄 말이라도 있는 걸까. 하지만 내 추측은 빗나갔다.

'하루에 열 번 이상 웃기.'

뭔가 특별한 얘기를 할 거라 기대하다가 김이 새 그만 슬쩍 웃고 말았다. 가슴은 요동치고 눈은 축축하고 웃는 입가는 떨렸다.

'그래, 그렇게. 작게 웃어도 좋고, 크게 웃어도 좋고.'

세라의 말을 듣고 나자 이별이 다가왔다는 걸 절감했다.

'그럴게.'

나는 그만 약속을 하고 말았다.

'그 약속을……'

'어!'

내가 다시 입을 열 때에 옆에 있던 이가 외쳤다.

'네가 살아나는 거야!'

사람들이 흥분에 차서 나를 일깨웠다. 어쩐지 몸이 많이 가벼워지고 있었다. 현기증이 일기도 했다.

나는 모여든 사람들 얼굴을 하나하나 살폈다. 삶을 꽉 채운 이도, 많은 시간을 잃은 이도 있었다. 모두의 시간을 존중해주고 싶었다. 여기에 닿기까지 녹록지 않았으리라는 건 분명했으므로.

'정말 다행이야.'

'돌아가면 꼭……'

가까이 들리던 목소리가 멀어졌다. 나를 둘러싼 이들의 얼굴이 흐릿해졌다.

사람들의 마지막 인사가 까마득해지면서 나는 눈을 떴다. 병원의 소독약 냄새와 기계음을 듣고서야 현실로 돌아왔다는 걸 알았다.

아직 아라에게 들려주지 못한 이야기다. 죽음과 마주했던 세계의 끝과 되돌아온 현실의 시작점. 오르내리던 시소가 드디어 수평을 맞추었다. 얘기를 듣고 나서 아라가 어떤 반응을 보일지 모르지만, 세라의 마지막을 전해 듣는 아라의 얼굴이 어둡지 않기를 바랐다. 웃으며 전해주고 웃으면서 들을 수 있기를.

버스가 정류장에 섰고 나는 창밖을 보았다. 번화가로 들어서자 사람들이 한꺼번에 내렸다. 목적지까지 두 정거장을 남겨놓고 있었다. 버스에서 내려 한참을 걷고, 언덕과 계단을 올라 다다르는 곳.

"언니랑 자주 갔던 장소야."

세라의 남은 이야기를 전해주기 위해 아라와 만날 약속을 잡았
다. 우리 집과 아라의 집이 있는 중간 지점이면서 유적지가 있는
공원이었다. 나도 언젠가 가본 적이 있어 흔쾌히 대답했다. 무엇
보다 세라와 갔던 곳을 약속 장소로 정할 만큼 아라에게도 변화
가 생겨 반가웠다. 피하지 않고 마주할 준비가 되었다는 뜻일 테
니. 세라의 흔적과 추억이 머물러 있는 자리에 갈 수 있다는 것도
벅찼다.

"이번에 해주는 얘기가 끝일 거야."

내 말에 전화기 저편의 아라는 조용했다. 숨소리도 들리지 않
았다.

"듣고 있어?"

"응."

짧은 대답 뒤에 또 침묵이 이어졌다. 나는 가만히 기다렸다. 슬
픔을 거두고 그리움을 품을 수 있는 시간을. 이윽고 이어진 아라
의 말은 뜻밖이었다.

"나도 잊을 거야, 조금씩."

죽지 않고 죽음에 다다를 수 있는 방법을 묻던 아라였다. 가방
에 달린 인형을 꽉 쥔 채로 잔뜩 웅크리던 모습이 아직도 내게 앙
금처럼 남아 있었다.

"언젠가는…… 나도 언니를 온전히 떠올리지 못하겠지. 지금
은 명확한 일도 시간이 지나고 다른 기억들이 덮이면서 멀어질

거야. 그래도 붙잡지는 않을래. 언니가 내게서 완전히 지워질 리는 절대 없을 테니까."

아라는 어느 때보다 당당했다. 내가 나를 찾아가는 동안 아라도 혼자 견뎌내고 있던 거였다.

"네 덕분에 언니를 다시 만날 수 있었어. 고마워."

세라의 간절함이 아라에게도 전해졌던 걸까. 나는 그렇게 생각했다. 서로 만나지 못하고 볼 수는 없지만, 둘은 이어져 있었다. 아픔도 함께 묻어가며 일어서는 중이었다.

버스에서 내려 즐비한 상가를 지났다. 골목을 돌아 가파른 길로 접어들고 나니 훨씬 한적했다. 시간 여유가 있어 공원을 느긋하게 걸었다. 정상까지 올라와서 아래를 내려다보자 시내가 한눈에 들어왔다. 하늘은 한층 가까워졌다.

깨끗한 날씨 덕분인지 속이 시원해지면서 저절로 입가에 미소가 생겼다. 동시에 세라의 말이 떠올랐다.

"아까 버스 안에서 아기랑 눈 마주쳤을 때 한 번, 걸어올 때 앞사람이 떨어뜨린 물건을 주워주면서 두 번, 그리고 지금 세 번."

혼잣말처럼 중얼거렸다. 하루에 열 번 이상은 웃으라고 하던 세라의 말. 그건 내게 하는 부탁이나 당부가 아니었다. 같이 이루기로 한 약속이었다. 비록 각자의 길이 따로 있지만 어디서든 웃을 수 있기를, 웃으며 만나는 날이 꼭 돌아오기를.

눈앞에 세라의 웃는 얼굴이 보이는가 싶더니, 불현듯 새로운 일이 나타났다. 나는 황급히 주변을 둘러보았다.

운동을 하거나 산책을 하는 사람들이 오갔다. 푸른 나뭇잎들이 펼쳐져 있고 구름 한 점 없이 하늘은 청명했다. 내가 서 있는 곳에서 시간 이동을 한 것처럼 눈앞에 한 장면이 펼쳐졌다. 나는 멀찍이 서서 과거의 나를 바라보았다.

현장학습을 마치고 친구들과 헤어진 다음이었을 것이다. 혼자 근방을 돌아다니다가 이곳까지 발길이 닿았다. 나는 원래 걷는 걸 좋아했다. 제법 먼 거리도 일부러 차를 타지 않고 걸을 때도 있었고 목적지를 두지 않고 마냥 걷기도 했다.

그날도 딱히 가고 싶은 곳은 없었다. 예정보다 현장학습 일정이 일찍 끝났고 발길이 이끄는 대로 왔을 뿐이다. 정상에 이르고 나서는 딱히 할 일이 없어 잠시 서성거렸다. 이 길을 내려가면 다시 시작이었다. 치열하지만 정작 중요한 건 찾을 수 없는 시간들. 왔던 길을 되돌아가고 싶지 않았다. 지루한 삶으로 가는 걸 피할 수 있는 방법이 어딘가에 있을 것도 같았다.

어느덧 나는 전망대의 가장자리로 다가갔다. 건물 옥상이 훤히 보일 정도의 높이인데도 무섭지 않았다. 여기서 떨어지면 어떻게 될까. 몇 발짝만 움직이면 전혀 다른 세계가 펼쳐지지 않을까. 의미 없이 반복되는 나날에서 벗어날 수 있을지도 모른다. 나는 앞으로 발을 움직였다. 조금만 더, 조금만 더.

'위험해.'

갑작스러운 소리에 주춤 멈추어 뒤를 돌아보았다. 언제부터인지 얼마쯤 떨어진 곳에 교복을 입은 내 또래 여자아이가 있었다.

어깨까지 내려오는 머리카락이 바람에 날렸다. 나한테 하는 말인지 물으려는데 여자아이가 먼저 싱긋 웃어주었다.

황세라.

교복 왼쪽에 적힌 이름표에 눈길이 닿았다. 처음 보는 얼굴인데 왠지 낯이 익었다. 언젠가 본 적이 있는 걸까. 혹시 나를 알고 있나. 우리 학교 교복은 아니었다. 인근 학교에 다니고 있거나 나처럼 현장학습을 왔을 수도 있었다.

'여기서 보면 더 잘 보여.'

세라의 말에 나는 이끌리듯 움직였다. 몇 걸음 뒤에서 보니 시야가 달라졌다. 가장자리에 섰을 때는 발밑을 보게 되었는데, 뒤로 물러서니 멀고 높은 곳이 눈에 들어왔다. 아래를 보는 것보다 멋진 경치가 펼쳐져 있었다.

내가 돌아보자 세라는 마치 내 말이 맞지? 하는 표정으로 나를 마주 보았다. 낯선 사람에게도 스스럼이 없었다. 웃는 모습이 예뻤다. 그렇게 밝게 웃을 수 있는 삶을 가지고 있다는 사실이 부러웠다. 세라가 가진 모든 것이 웃음처럼 빛날 것 같았다. 평소의 나답지 않게 나는 넋을 놓고 세라의 얼굴에 어린 미소를 바라보았다.

'세라야!'

서너 명의 여자아이들이 뛰어 올라왔고 그제야 나는 아무 일도 없는 듯이 딴청을 부렸다.

'어디 갔었어?'

'아라 선물 사느라.'

'하여간 자매지간 애정은 알아줘야 한다니까.'

아이들은 만나자마자 얘기하기 바빴다. 친구들 속에서 세라는 소리 내어 웃었다. 웃다가 또 나와 눈이 마주쳤다. 금방 시선을 피했지만 아이들이 걸음을 옮기고 난 뒤에도 내 눈은 세라의 뒷모습을 좇았다. 웃는 모습이 멀어지고 소리가 들리지 않을 때까지 나는 세라가 남기고 간 흔적을 오랫동안 따라갔다.

꿈처럼 까마득하지만 현실이 분명한 기억. 나는 진짜 세라를 찾아냈다. 세라와 나는 만난 적이 있었다. 바로 여기, 이 자리에서.

깨질 듯한 삶의 어느 날에, 한 발만 내디디면 다른 세상으로 갈 수도 있는 순간에, 나는 세라를 만났다. 마냥 행복해 보이던 세라의 시간이 얼마 남지 않았다는 걸 그때는 몰랐다. 화창한 날씨만큼이나 화사했던 세라의 웃음을 나는 가슴으로 기억하고 있었다. 짧지만 아름다웠던 누군가의 삶이 내게 머물렀다.

세라가 사라졌던 길을 하염없이 바라보았다. 어디에 있든 세라는 늘 환한 모습으로 있을 게 틀림없었다. 여기서 만났던 그대로, 각자의 길로 헤어질 때처럼.

얼마 뒤 세라가 사라진 그 길에서 한 아이가 나타났다. 세라와 같은 미소를 가진 아이. 아라는 나를 보자 손을 흔들었다. 점점이 사라졌던 그날의 세라 대신에 아라가 가까이 다가오고 있었다.

"안녕!"

나는 처음 만난 사람처럼, 그러면서도 아주 오랜 친구인 듯 아라에게 인사를 건넸다. 아라도 내 앞으로 다가와 섰다.

해가 기울며 그림자가 길어졌다. 늦은 오후의 햇살이 우리를 비추었다. 누군가의 처음과 마지막을 들려주기에 적당한 시간이다.

먼 길을 떠나는 세라에게 마지막 인사를 보낸다.

내게 와줘서 고맙고, 더 잘해주지 못해 미안하다고.

아라는 계속 보듬어주어야 할 것 같다.

그리고

율이 제자리로 돌아와서 다행이다.

처음 맞는 2020년 여름

이은용